Wie warmer Regen auf nackter Haut.
Wie warmer Kuchen im leeren Bauch.
Wie starke Arme in schwachen Zeiten.
Und wie starke Worte, die dich leiten.

Lass dich von mir
wärmen, nähren, halten
und mit diesen Seiten bei deinem Lebenstanz begleiten.

PROLOG

Mit Anfang 30 fragte ich mich, ob der Sinn des Lebens darin bestünde, den Sinn seines Lebens zu finden.

Ich hatte zu dem Zeitpunkt schon einige Mietverträge, eine Heiratsurkunde, zwei Geburtskarten, einen Buchvertrag und diverse Kontoeröffnungen unterschrieben und fühlte trotzdem einen Rest Bedeutungslosigkeit. Dieser war wie das bisschen Staubgemisch, das am Kehrblechrand hängen bleibt, nachdem man mit dem Handbesen den Boden gefegt hat. Und sich dann fragt, wann es denn endlich eine intelligente Lösung für diese hartnäckigen Dreckreste am Kehrblech wie im Leben geben würde. Wir leben doch in einer fortschrittlichen Welt, wieso fühlt es sich also manchmal so an, als würden wir permanent auf der Stelle treten und irgendwie nichts kapieren?

Vielleicht war ich müde, vielleicht auch auf eine intuitive Weise hoffnungsvoll, jedenfalls hörte ich auf, vor und hinter mir nach logischen Erklärungen, Fortschritten und innovativen Lösungen zu suchen, und blieb stattdessen stehen. Schloss die Augen, richtete den Blick nach unten und oben. Zur Erde, zu mir und zum Himmel – zu dem, was so viel größer war als ich. Die Kommunikation passierte nicht mehr nur zwischen meinem Verstand und dem, was ich anfassen, hören oder sehen konnte, sondern sie fand mit mir selbst und in mir statt – mit dem, was ich lange Zeit nicht sehen, aber unerklärbar fühlen konnte, weil es uns alle erschafft.

In mich selbst hineinzugehen und unbekannte Dimensionen, lichte wie dunkle Orte, Antworten, wieder neue Fragen und all das in unendlicher Abfolge zu finden, wurde

YAVI HAMEISTER

WIE WARMER REGEN AUF NACKTER HAUT

GEDANKEN UND GEDICHTE

LAGO

Bibliografische Information der Deutschen Nationalbibliothek
Die Deutsche Nationalbibliothek verzeichnet diese Publikation in der Deutschen Nationalbibliografie. Detaillierte bibliografische Daten sind im Internet über http://dnb.d-nb.de abrufbar.

Für Fragen und Anregungen
info@lago-verlag.de

Originalausgabe
1. Auflage 2023

Türkenstraße 89
80799 München
Tel.: 089 651285-0
Fax: 089 652096

Redaktion: Lara Jarolin
Umschlaggestaltung: Isabella Dorsch
Umschlagabbildung: Shutterstock.com/Tymofeys, Unchalee Khun, Singleline
Abbildungen Innenteil: Shutterstock.com/Artem Stepanov, Singleline, Derplan13, Darina_Martyniuk, Dychkova Natalya, Irinavi, Koy Jang, Olga Rai, Arif_Vector, Haali, LuckyStep, ai_stock, alla_line, Simple Line, Valenty, tetiana_u, Back one line, ann1911, Mari Muzz, Lovskaya, Pita Design, s1mple life, Oleksandr Kulichenko, nasharaga, OneLineStock, Art Kiki, Gwens Graphic Studio, JustArtNina, Luckyrizki, Katerina Artiukh, Sahs, GM Vector, Kamila Bay, Rusyn, matveeva_maria, suns-07butterfly, LinaOro, Sell Vector, Rikitikikatya, DODOMO, Michiru13
Layout: Manuela Amode
Satz: Christiane Schuster | www. kapazunder.de
Druck: GGP Media GmbH, Pößneck
Printed in Germany

ISBN Print 978-3-95761-228-1
ISBN E-Book (PDF) 978-3-95762-347-8
ISBN E-Book (EPUB, Mobi) 978-3-95762-348-5

Weitere Informationen zum Verlag finden Sie unter

www.lago-verlag.de

Beachten Sie auch unsere weiteren Verlage unter www.m-vg.de

so viel erfüllender als ein logisches Leben voller erfüllter Träume, sodass ich mich in die Unsicherheit und Ungreifbarkeit dieses Lebens verliebte. Und begann, genau das, was ich nicht verstand, in Worten zu suchen, um es vielleicht doch zu verstehen und doch nie einen Beweis für die ultimative Erklärung zu bekommen. Und nie bin ich meinem eigenen Sinn des Lebens näher gekommen als in der Bereitschaft, mich mein Leben lang dem Verstehen zu widmen, ohne den Anspruch und das Ziel, am Ende eines jeden Versuchs jemals etwas verstanden zu haben. Ich tue es, genau DAS, des Tuns willen und weil dieses Tun einen ähnlich befriedigenden Effekt hat, wie ein Kehrblech zu benutzen: Der Boden ist irgendwie größtenteils sauber, aber es ist okay, dass immer etwas zurückbleibt. Wir nehmen es einfach hin und sind zufrieden. Die Bestimmung? Ein Kehrblech zu sein, ein Mensch zu sein, einfach so.

Je öfter ich mich mit Kehrblech und Besen durch meine inneren Räume arbeitete, desto gründlicher schaute ich hin. Da war nicht bloß Staub. Da war Erdenstaub, da war aber auch Sternenstaub. So viel von allem und jedem und Himmel und Erde. Und seltsamerweise ergab plötzlich doch so vieles Sinn, was bislang einfach immer nur so »passierte«:

Dass »Drops of Jupiter« seit 20 Jahren MEIN Song und seit 15 auf meinem Handgelenk tätowiert ist, dass mich seit jeher meine Faszination für Unerklärliches und das Universum fesselt, dass der Mond eine hypnotische und besänftigende Wirkung auf mich hat und dass Frieden einkehrt, wenn ich mich gleichzeitig geerdet und weit weg fühle. Das beflügelnde Gefühl, wenn ich »mein Stern« rufe und einen meiner Söhne meine, weil sich kein Kosename jemals auch nur annähernd bedeutungsvoller angefühlt hat. Genauso wie universellen Energien zu vertrauen und einfach irgendwie zu wissen, dass alles schon immer okay war und so auch sein wird.

Als mir nach vielen Monaten des Kehrens und Kopfzerbrechens endlich der Titel für dieses Buch während einer Massage auf Mykonos einfiel, fühlte sich alles richtig an und mir war so klar, dass es unbedingt ein Titel sein musste, der das Gefühl vermittelt, das ich spüre, wenn ich *ich* und voll da bin, vollständig, unmessbar, unerklärbar. Ein kleiner Körper auf Erden, am größten Organ zärtlich und manchmal störend berührt von unzähligen Tropfen des Universums, der einzigen spürbaren Verbindung von »oben« mit »unten«, der Botschaft, dass alles zusammenhängt.

Ich war mittlerweile 36 und irgendwo in der Mitte dieses Buches, als ich erstmals meinen Namen googelte. Ich wusste seit Grundschultagen, dass meine Eltern »Yavi« im Atlas gefunden hatten und ich eine Region in Argentinien und ein Berg in Venezuela war. Ich wollte aber wissen, ob die Suchmaschine noch etwas anderes ergeben würde.

Und da war was. Da war DAS.
»Yavi« im Indischen bedeutet im Englischen »Heaven and earth conjoined«.
Die Verbindung von Himmel und Erde.

Der Regen.

Vielleicht war das dieser kleinste Beweis, schon immer da, immer in mir, dass es einen Sinn des Lebens gibt – DEN einen – und wir ihn finden können, es aber vielleicht auch reicht, wenn wir unser Leben mit dem Versuch verbringen, ihn zu finden und aufzukehren.

1
ICH BIN DER OZEAN

ICH BIN DER OZEAN

Ich herrsche über meine eigene Welt. Eine magische, mächtige. Bunter, größer, schöner, tiefer, als du ahnst.

Meine Gestalt steht für Vielfalt und (Ur-)Gewalt. Teile von mir sind eisig kalt. Kann ich nicht fließen, werde ich zu Eis, wo ich rausche, wird es warm bis heiß.

Ich kann mal wild, mal still sein,
will kommen, wieder gehen.
Lebe laut und leise in mir,
so bin ich nie allein.
Du musst tief in mich eintauchen,
willst du mich sehen und verstehen.

Wo ich bin, bin ich.
Unverschlossen, aber in sich geschlossen.
Schaffend.
Ziehend.
Bewegend.
Mühelos kraftvoll.

Kann alles verschlucken.
Was ich nicht will und brauche, kann ich wieder ausspucken.
Komm zu mir, du darfst mir beim Zaubern zugucken.

Und lernst du dann mit und in mir zu schwimmen,
hörst du, wie meine Wellen Liebeslieder für dich singen,
dich kraftvoll schützend tragend umschlingen.

Doch Vorsicht.

Es kann dich umbringen,
schwimmst du gegen meinen Strom.
Und es wird sich zeigen:
Wirst du in meiner Welt zu einem Phantom
oder zu meiner lebenden Lieblingslegende?

Denn
Ich bin alles.
Der Anfang und das Ende.

TIEFER

Ich will nicht wissen, was du machst, ich will wissen, wer du bist.

Ich will nicht hören, was du alles erreicht hast, sondern was und wie du liebst.

Ich will nicht sehen, was du besitzt, ich will wissen, was du verloren und was und wen du dadurch gefunden hast.

Ich will nicht die Berührung deiner Hände, sondern deiner Augen, mit denen wir einander aufschließen und gemeinsam in Unendlichkeiten fallen, um dort nach Antworten und Abenteuern zu suchen und dabei vielleicht festzustellen, dass die Suche oft das Beste am Suchen ist.

Ich will nicht fühlen, wie dein Körper auf meinen reagiert, ich will das Gefühl, wenn deine Seele meine greift und was DANN ganz natürlich mit unseren Körpern passiert.

In der Unsicherheit, wohin unsere Reise führt, will ich die Sicherheit, dass wir sie aber wollen, ich will sie im Unausgesprochenen, weil Worte nur selten wahr sind und oft bloß die Wiederholung von jenen, die wir zuvor mal gehört oder gesagt haben.

Ich will es wild und laut, weil es dann in mir ganz still wird, und dann will ich die Stille, weil ich in mir laut und stark werde und erfahre, was ich will.

Jetzt ist es leise und ich will die Magie des Moments, nicht die Illusion des Morgens, weil auch du mir nicht sagen kannst, was dann sein wird.

Und auch wenn nichts mehr ist, kann ich uns in mir tragen, solange ich es kann und will, und das zu wollen gibt mir Frieden und die Gewissheit, alles zu haben.

ZWEI

Ich habe gedacht,
wir brauchen Leidenschaft, damit uns die Anziehung und Kraft zu echten Liebenden macht, dass wir uns mal hart, mal weich berühren, in dreckige Ecken und an magische Orte entführen.
Ich habe gedacht,
wir brauchen schlaflose Nächte im Paradies und wilden Sex im pazifischen Türkis, versteckte Liebesbriefe und komplizierte Gespräche in abgründiger Seelentiefe.
Ich habe gedacht,
wir brauchen große Versprechen, die wir brechen, um unserer Vorstellung von wilder Liebe zu entsprechen und dann noch größere Pläne zu besprechen.
Ich habe gedacht,
wir für immer und gegen den Rest der Welt, weil uns die Welt auf Erden hält und der dauerhafte Höhenflug entfällt, ohne den uns eigentlich nichts an uns gefällt.

Ich habe gedacht, doch bin eines Tages im Herzen aufgewacht – und ich sehe nun zwei Menschen, die für inneren Frieden kämpfen und blind und ängstlich ihre wahren Gefühle mit geliehenen dämpfen. Zwei Menschen, gemeinsam gemütlich gebettet auf weichen Kissen, aber verbissen und zerrissen, da sie zu vermeiden wissen, wie es ist, sich selbst zu vermissen.

B(L)ACK HOME

Zurückgekommen, jedoch

mit schwerem Gepäck auf dem Rücken und Gedankenstücken, die mich auf den kalten Boden drücken und den der Tatsachen mit meinem erschöpften Körper schmücken.

Und ich weiß, dass es heißt, dass meist der schlimmste Scheiß und viel Schweiß aus Heilungsfleiß den teuflischen Kreis zerreißt. Doch jetzt will ich liegen bleiben und lieber die Zeit damit vertreiben, darüber zu schreiben, anstatt mich zu entscheiden, die Dunkelheit schnell aus meinem Herzen zu vertreiben.

Ich wähle und trage Schwarz.

Weil dunkle Farben es so an sich haben, Wärme zu ziehen und in sich zu tragen. Und dann mit dem Licht in jeder Schicht in kalten Zeiten die innere Kälte zu zerschlagen, um so die beginnende Kapitulation letztlich unter hauchdünner Hoffnung zu begraben.

ANTI-KLISCHEE

Bin heute aufgewacht, hab mir ’nen Kaffee gemacht
und die Sache mit dir und mir noch mal durchdacht.

Und:
Nee, ich will gar kein romantisches Klischee.

Ich will:
Ruhige See und mit dir, Herz an Herz, still am Ufer
stehen. Nie ins Extreme und nie nicht weit genug gehen
und dass wir uns voller Vertrauen in klare Augen sehen
und verstehen, es ist das selbst gemachte Scheißsystem,
in dem wir Liebesmord begehen – und jetzt, getrennt,
aber füreinander, gesunde Samen säen und so neue
Felder entstehen.

Wir brauchen gar nichts zu brauchen, um in die Tiefen
wahrer Liebe abzutauchen.

FÜR IMMER

Du und ich, für immer verbunden
durch einen Augenblick – vielleicht diesen –,
der nie vergeht.

Auch wenn du gehst, nachdem du den Satz gelesen hast,
und nie wiederkommst,
werde ich ein Teil von dir bleiben.

Wie weit nimmst du mich mit?

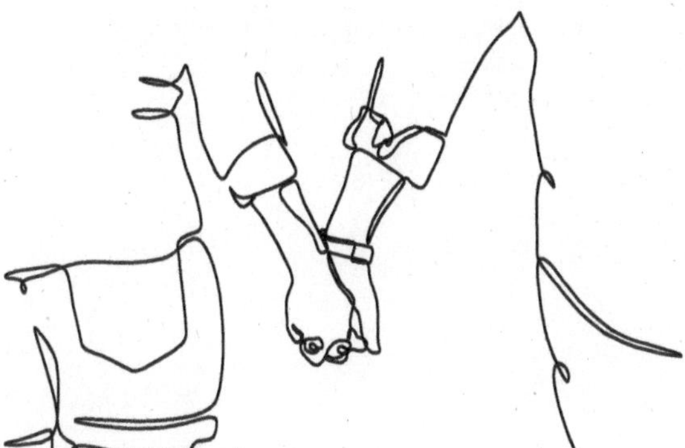

VERMISSUNG

12 Jahre ist es her, da saßen du und ich am Meer.
So reich, so leer, denn wir waren da, aber längst nicht mehr.

Manchmal frage ich mich, waren wir vielleicht richtig und falsch nur der Ort, die Zeit und die Worte, die gesagt wurden und die wir für uns behielten. Manchmal frage ich mich, was gewesen wäre, wäre ich nicht in den Flieger gestiegen und mit dir in den vielen ungelösten Fragen geblieben. Um den Versuch zu wagen, dich ohne Plan und Versicherung zu lieben.

Du warst Insel. Du warst Musik. Du warst Sonne.
Du warst Kissen. Du warst Abenteuer. Du warst Buch.
Du warst Regen. Du warst Wellen. Magie der Mitternacht.

Immer wieder: Pläne durchdacht, alles gefühlt, nichts daraus gemacht.

Ein Part von mir weint, der andere lacht.

Denn

in irgendeiner Ecke meines Körpers habe ich
deine Existenz fixiert,
statische, blasse Bilder zu bewegten und
bunten animiert,
die guten Tage in meinem sturen Kopf konserviert,
romantische Szenen von Hingabe und Ewigkeit skizziert.
Was vielleicht niemals war, in meinen Gedanken kreiert,
dich und mich zu meinen schmerzhaftesten
Lieblingsgeschichten addiert.
All das nur,
damit meine Biografie deinen Namen nicht verliert.

12 Jahre sind noch nicht lange genug her, um zu sagen,
es sei nicht mehr schwer, dass das Meer noch ist – und
wir nicht mehr.

UNBEANTWORTET

Ist es meine Intuition, die mich leitet, oder mein Trauma, das mich fehlleitet?

(Eine Frage, die seit jeher meine Geister scheidet.)

BEFREIUNG

Wenn ich könnte, würde ich vieles

anders sagen, anderen sagen, leiser sagen, verdammt
laut sagen, ehrlich sagen, zärtlicher sagen, nicht sagen.

Ich kann nicht, also beerdige ich all die Momente,
in denen meine Sprache aus Angst erstarrte, versiegte,
versagte

und in denen mit ihr die Chancen starben.

Ich blicke hinab auf das Grab der unzähligen kleinen
Tragödien und sage mir selbst:
Weil ich keine Gräber mehr will, werde ich nie wieder
Worte meiner Wahrheit hinter meinen Fassaden
verstecken,

denn dahinter sind sie nicht geschützt,
sondern in der Falle.

NACKTE WAHRHEIT

Ich bin wie eine Vase, die oft zerbrochen und wieder geklebt wurde. Die noch steht, am liebsten auf dem Küchentisch und mit Sonnenblumen darin.
Ich bin sensibel.
Verletzlich und verunsichert.
Verträumt.
Introvertiert.
Aber nicht immer.
Immer intensiv.
Verliebt in Liebe.
Bebend bei Berührungen.
Lebe für den Rausch und den Schmerz.
Und Songs fürs Herz.
Brauche und hasse die Einsamkeit, weil sie mich leiden und leben und mich so spüren lässt.
Surfe am liebsten auf den höchsten Wellen.
Niemals ängstlich, aber oft zu gierig.
Drehe mein Gesicht immer zur Sonne, weil ich dann für einen Moment die Augen zu und eine Pause mache.
Eine Herzklappe ist sonnig, die andere schattig.
Jeder zehnte Gedanke eine Lüge.
Die Biografie ein Schlachtfeld.
Manche Worte reine Manipulation.
Viele Wünsche egoistisch.
Bedürfnisse animalisch.
Mein Handeln dualistisch.

Nackt bin ich Mensch. Mich auszuziehen ist meine Chance, mich mit dir zu verbinden. Was kann also schon passieren, wenn ich meine Maske ablege, außer dass du siehst, womit du selbst vertraut bist, wenn du weißt und akzeptierst, wer du wirklich bist?

MEER-DIMENSIONAL

Den Koffer voller Sehnsucht und Träume fuhr sie ans Meer.
Ist ihre Seele schwer, kommt sie immer hierher.

Die Tage vergingen, die Träume platzten, die Sehnsucht blieb, der Leidensdruck stieg, während alles in ihr nach Rat fragte und alles in ihr ratlos schwieg.

Und sie rief ins Meer:

»Wieso ausgerechnet hier und jetzt?«

Und es antwortete:

»Deine Träume waren nur zum Träumen gedacht
und wären, zusammen mit deiner Seele, sowieso gegen Mauern gekracht.

Du bist hier, damit ich dich halten kann,
wenn die Träume gehen und nur noch ihre Ruinenreste stehen.

Du bist hier, damit du sie an mich abgibst und ich sie für dich verschlucken kann.

Und dann, irgendwann,
verstehst du, dass auch deine Welt in der Tiefe noch viel schöner ist als das, was dein Auge an der Oberfläche erfasst.

Du bist hier, weil du mich zu Hause nicht hast, und
dort all den Ballast zu einem schnell wachsenden Tumor machst und dabei zu leben verpasst.

Sieh mich an, welche Weite, Tiefe und Stärke
ich dir geben kann.
Und darin: die Hoffnung, dass kaputte Träume nicht
zerstören, wer du bist und es okay ist, wenn es für einen
kurzen Moment deinen Glauben ans Träumen auffrisst.

Lass dich von mir trösten und umarmen, solange du vor
mir stehst und trotz all meiner Botschaften den Sinn
nicht verstehst, bevor du dann, mit neuem Mut und
leichtem Gepäck, wieder nach Hause gehst und neue
Träume säst.«

Und sie warf ihre Last in die Wellen,
um im nächsten Augenblick zu erkennen,
dass die Welt ihr nichts (ab)nehmen kann,
wenn sie sich nicht ab und zu selbst

zum Abgeben zwang.

(ES TUT MIR) LEID

Du warst im Leid,
wolltest »nur kurz« mit mir sprechen,
ich hatte »sorry, keine Zeit«.

Und es lässt mich nicht los,
dass es unser letztes Gespräch gewesen wäre
und ich es dir verwehrte.

Es ist lange her,
lang genug, um zu wissen,
dass, egal ob Liebe oder Bedauern,
wir beides für immer mit uns tragen und
je nach Inhalt und Gewicht
entweder mit Leichtigkeit fliegen
oder mit Schwere trauern.

MAGISCHER SCHEISS

Wir leben für die Magie inniger Küsse.

Das »Du bist meins, ich bin deins«.
Für die Suche nach Perfektion in kleinsten Details.
Schlaflose Nächte im süßen Rausch des Weins.
Keine zwei mehr, wir sind eins.

Alles so nice.

Dennoch, ich weiß,
wir sonnen uns in den Strahlen des Scheins.
Suchen im gesamten Umkreis
nach dem entscheidenden Beweis.
Dafür, dass wir mehr sind als nur zufällig gleichzeitig
geschmolzenes Eis.

Ich liebe Feuer, aber das ist mir heute zu heiß.

Denn jedes Mal zahle ich einen hohen Preis
und stehe letztlich frierend am Abstellgleis.

Dafür,
dass alles in mir lebt und bebt
für diesen verdammten magischen Scheiß.

NACH DEM SCHMERZ IST VOR DEM SCHMERZ

Wie ein Rollercoaster.
Reißt dich mit, zieht dich runter.
Macht dir Angst.
Kann süß, kann bitter sein.
Immer weiter, ab, auf.
Der Zeit ausgeliefert
während die Welt an dir vorbeirast.
Deine Gedanken so schnell wie der Waggon,
den du nicht steuern
und aus dem du nicht aussteigen kannst.
Du bist gefangen und hilflos,
bis er zum Stehen kommt
und du

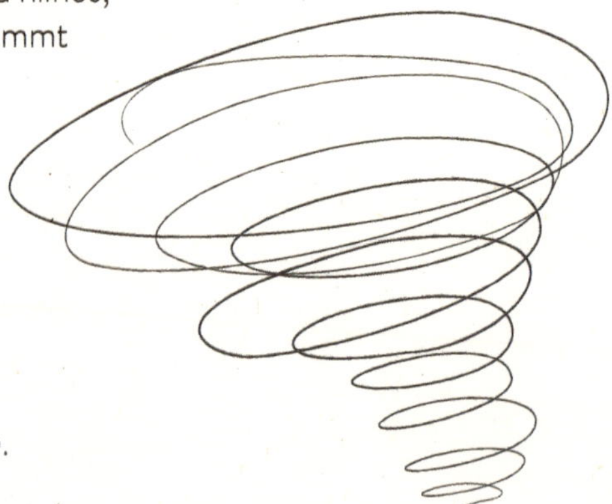

frei bist,
wieder atmen
und sehen kannst.
Da, klar:

Pause.
Euphorie in der Stille.

Und aus der Ferne hörst du, wie es wieder ertönt:
Die nächsten,
bitte einsteigen
für eine neue Runde Schmerz.

ROLLENTAUSCH

Ich dachte mal, ich will dich bei mir, für immer,
aber bleib bitte, wo du bist,
denn in meiner Erinnerung mag ich dich lieber,
denn da spielst du bloß 'ne Nebenrolle
und ich bin der Leader.

33

1. Du hast 3 Sekunden –
welcher Moment kommt dir in den Sinn, wenn ich dich frage, wann du am glücklichsten warst?
2. Was fühlst du jetzt gerade?
3. Warum denkst du nicht, was du fühlen willst?
4. Was tust du, wenn niemand zuschaut?
5. Wo siehst du dich leicht und lachend?
6. Erfüllt dich, was du da tust, oder tust du es, um dich zu füllen?
7. Wenn heute die Sonne zum letzten Mal untergeht, mit wem schaust du dir den Untergang an?
8. Kannst du mit ihm gemeinsam frei sein?
9. Wenn nicht, mit wem dann?
10. Von welchem Leben willst du an deinem 100. Geburtstag erzählen?
11. Was würdest du trotzdem tun, wenn du wüsstest, dass du scheitern kannst?
12. Glaubst du, irgendjemand interessiert sich ernsthaft für deinen Körper?
13. Willst du Lob oder willst du Liebe?
14. Was kannst du den Menschen und der Welt geben?
15. Hast du heute schon etwas nur der Freude wegen gemacht?
16. Was tust du mit einer Million Euro auf deinem Konto?
17. Was macht dich wütend – und warum?
18. Was ist das Schlimmste, was passieren kann, wenn du laut sagst, was du sagen willst?

19. Wenn du nicht vergeben willst, wie willst du dann weitergehen und wirklich leben?
20. Es gibt unzählige Wahrheiten, wieso bestehst du auf deine?
21. Wenn immer nur die Sonne scheinen würde, gäbe es dann nicht nur Wüste?
22. Worauf bist du stolz?
23. Wer möchtest du sein in dieser Welt?
24. Wer ist der wichtigste Mensch in deinem Leben?
25. Hast du dich selbst genannt?
26. Was kostet das Ticket?
27. Warum willst du weg?
28. Wer hat gesagt, dass du musst, was du meinst zu müssen?
29. Wie sieht dein perfekter Tag aus?
30. Und was würdest du tun, wenn es dein letzter wäre?
31. Willst du wirklich, was du willst?
32. Ist das Leben schwer oder machst du es schwer?
33. Was gefällt dir besser: ein kurzer Moment des Ankommens oder eine lange Zeit des Reisens?

GEGENGIFT

Okay also:
Wie kann das sein, erkläre es mir:
Mein Gehirn ist so clever
und trotzdem setzt es komplett aus bei dir.

Du attackierst mein Herz,
Stich für Stich,
irgendwas in mir findet das widerlich
und doch
lasse ich die Löcher geöffnet für dich
und gebe zudem
deinem hässlichen Gesicht
immer wieder
einen makellosen Anstrich.

Du nimmst mir Luft, und alles, was ich beim Sterben
atmen will, ist dein Duft,
alles, was ich mit meiner letzten Kraft noch tun will,
ist Brückenbau über der Kluft,
die du mit deinem kaputten Hirn immer wieder aufreißt,
mich dreist hineinschmeißt
und dabei wie ein Geist über meinem blutenden Körper
kreist.

Okay, also:
Ist DAS der Beweis, dass das Gehirn das Herz verspeist,
wenn wir ihm mehr Gehör verleihen, anstatt unser Herz
endlich aus der Dunkelkammer zu befreien und bitten,
uns unsere Unwissenheit zu verzeihen?

Du und ich sind ein schlechtes Vorbild,
aber das beste Beispiel: Der Herzweg ist das Ziel.
Denn in den Tiefen seiner Kammern weiß es genau,
was zu wenig ist und was zu viel.

Okay, also:
Weniger denken, mehr fühlen.

Deal?

SUCHE

Ich suche grüne Wellen,
weil mich rote Ampeln vor Ängste stellen

vor dem, was prompt nicht kommt und dann all meine
Zellen am Stillstand zerschellen lässt.

Ich suche in anderen Ländern und Frequenzen von
Radiosendern und sogar an gottverlassenen Straßen-
rändern

nach dir.

(… oder vielleicht – nach mir?)

Und ich
suche
suche
suche

nach Botschaften und Antworten auf meine unaus-
gesprochenen Fragen, damit sie mich möglichst schnell
ans Ziel tragen. Und mir sagen, was Menschen wie ich
eigentlich immer jagen und ob wir irgendwann doch
rote Wellen und Stillstand wagen.

ES WAR EINMAL ...

Hätte sie gewusst, dass er eines Tages geht,
hätte sie ihn eingesperrt
wie einen Goldfisch in einem Glas,
um nie ohne ihn zu sein.
Er hätte bald nicht mehr atmen können,
weil er kein Fisch ist.
Und sie hätte nicht atmen können,
weil ihr Leben von seinem abhängig war.

Und keiner der beiden hätte gelebt. Keiner geliebt.

Wie gut, dass sie es nicht wusste.
Wie gut, dass wir es so oft nicht besser wissen.

(Und wenn sie nicht gestorben sind, leben und lieben sie
heute glücklich und zufrieden – ohneeinander.)

REISENOTIZEN

Ich kann meinen Weg nicht finden, wenn ich stehen bleibe.
Es ist deshalb okay, mich von großen Zielen abzuwenden und in neue Richtungen zu gehen. Der unbequemere Weg ist der, der mich erforschen und erkennen lässt, welche Richtung die für mich richtige ist.

Auch wenn ich suche und suche und dabei irre und manchmal falle.

Ich kann unendlich weit gehen und muss keine Angst haben, denn es gibt kein Ende, und: ein Umweg ist auch ein Weg – und dieser meist voller Überraschungen und frischer Bilder.

Manchmal drehe ich mich im Kreis, weiß aber, dass es meist die Kraft gebende Pause vor dem Aus- und Durchbruch ist. Dass der Kreis will, dass sich die Welt ab und zu um mich dreht und ich erkenne, dass sich die Welt auch dann weiterdreht, wenn ich nach meiner Mitte suche und für einen Moment im Mittelpunkt verweile.

Und dann ist es so weit und nur eine Frage von akutem Mutausbruch, aus dem Kreis auszubrechen, um weiterzukommen.

Mein bester Kompass ist meine Intuition, die Hand in Hand mit meinem Herzen geht und den Kopf zurate zieht, schließlich immer weiß, wohin ich gehen sollte.

Hin und wieder ist es so nebelig, dass ich meine Intuition nicht von meiner Angst unterscheiden kann. Dann muss ich stehen bleiben, in mich gehen, Ruhe suchen und abwarten, bis der Nebel verzogen ist und ich wieder klarsehen kann.

Die Ungeduld wird in der Wildnis zu meinem einzigen Feind und ich übe mich darin, nichts zu erzwingen, da die richtigen Antworten manchmal bloß mehr Zeit brauchen, um den Weg zu mir zu finden.

Ich gehe ihn allein.
Denn:

Ich kann niemanden zwingen,
meinen Weg mit mir zu gehen.
Ich nehme aber oft jemanden an die Hand, der den Weg mit mir gehen möchte und in ihm auch seinen findet, der bemüht ist, die Welt mit meinen Augen zu sehen und seine mit meinen zu teilen.

Mir sind Menschen begegnet, die zu Freunden geworden sind, weil ich angehalten und ihnen zugehört habe.

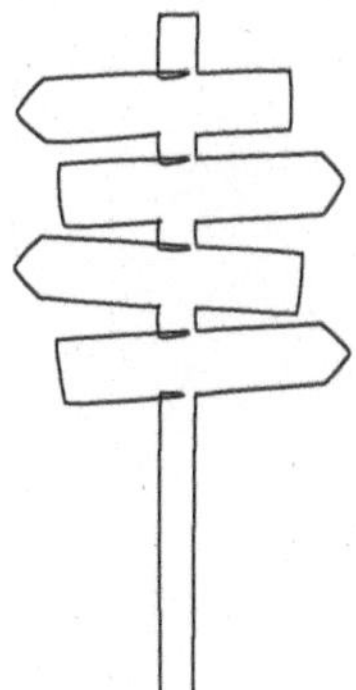

Oft habe ich mich von Attraktionen zu sehr ablenken und irritieren lassen, mich für zu lange Zeit verlaufen, mir Verletzungen zugezogen und den Fokus verloren. Für die Zukunft nehme ich mir vor, das Bigger Picture und MEINEN Weg zu sehen, anstatt mich nach schnellen und einfacheren Optionen umzuschauen.

Und dabei niemals zu vergessen: Nur weil der Weg eines anderen spannender, einfacher oder schneller ist, heißt es nicht, dass er zu mir, meinem Tempo und meinen Visionen passt.

Das Beste am Reisen ist das Heimkommen und das Gefühl, einen schweren und langen Weg gegangen zu sein, und mich dann zufrieden hinzusetzen, stolz zurückzublicken und mich dafür zu lieben, ihn auf eigenen Beinen gegangen zu sein.

... um die Geschichte dann mit Menschen zu teilen, die ich liebe.

Denn ohne Liebe ist alles nichts.

RECYCLING

... und eines Tages betrachtete sie die Scherben, die von
den Begegnungen ihrer Seele mit der Welt erzählen
und zeigen,
dass auch zerbrochenes Glas Licht reflektiert
und sich in Farben zu neuen Formen fügt.

GLAUBEN

Glaubst du,
das Universum hätte deine Seele in die Welt geschickt,
wenn es wüsste, dass dich das Leben so sehr fickt,
dass es dich am Ende mit seinem ganzen Gewicht
ernsthaft erstickt?

Blödsinn.

Zu deiner Zeugung schenkte dir das Universum ein
Arsenal an Wunderwaffen,
damit kannst du deine, für dich sorgfältig ausgewählten
Aufgaben schaffen,
dich danach immer wieder ausruhen und genauso oft
wieder zu neuen Challenges aufraffen.

Und wenn es in dieser Welt für dich zu Ende geht, dann
weißt du, dass das Universum bloß am Glücksrad dreht,
dich vertrauensvoll und wohlwollend von einem Ort zum
anderen weht

und dir bloß deine nächste Aufgabe bevorsteht,
die irgendwo, irgendwie garantiert genauso klargeht.

STILLER WUNSCH

Ich wünschte, ich wünschte mehr von dem,
was mich still werden lässt.

Stattdessen bleibt die Lautstärke laut,
weil Stille mir meinen Verstand raubt.

AUSSICHTSLOS

Du sagst, ich soll nach vorne schauen, doch wie soll das
gehen,

wenn vor mir nicht die weite Welt, sondern Spiegel
stehen, darin mein Gesicht ohne Licht und wir direkt
hinter mir?

Wie kann ich weitergehen, wenn meine Augen nicht
meine, sondern deine sehen?

Nun sag, was soll ich da vorne erkennen,
wenn auch die neuen Gedanken ununterbrochen deinen
Namen nennen
und
die Wunden nicht aufhören zu brennen?

Gib mir lieber einen Stein und das Versprechen,
dass mit dem Steinschlag und dem Spiegel
die Erinnerungen zerbrechen.

IN A RELATIONSHIP WITH WORDS

... aber es ist kompliziert.

Worte können Herzen (auf)brechen,
obwohl sie so zerbrechlich sind.

Und gleichzeitig sind sie macht- und wertlos, wenn sie
nur genutzt und nicht gefüllt werden.

Ich vertraue
(deinen)
Worten nur, wenn ich sie
(und dadurch dich)
fühlen kann.
Denn: Worte können lügen, Vibes nicht.

IMMER UND IMMER WIEDER

Sie ist wie ein magisches Glas,
randvoll mit klarem Wasser gefüllt.
Du kannst sie nehmen
und leeren,
immer und immer und immer wieder,
wenn sich deine Zellen nach Leben sehnen.

Aber wenn du sie loslässt,
zerbricht sie.

Denn dein Halten ist das,
was ihr
immer und immer und immer wieder
die magischen Kräfte verleiht.

NEULICH

... habe ich
jemandem einen Brief geschrieben.
Und ihn verbrannt.

Damit der Wind meine Worte dorthin tragen kann, wo sie
gebraucht und gewollt und geschätzt
werden.

Denn die Worte waren richtig,
nur der Adressat war falsch.

Ich habe keinen Zweifel, dass Liebe genau dann fliegen
muss, wenn wir sie für tot erklären, damit sie gefunden
und wiederbelebt werden kann.

AUGEN-BLICK

Nicht die Hände, nicht die Lippen – es sind die Augen, mit denen wir wahrhaftig berühren. Die Berührung kann so durchdringend sein, dass du es nicht aushältst, weil du fürchtest, dass sich die Augen durch die Mauer bohren und dich aufbrechen und du schutzlos und verletzbar wirst. Du schaust weg, weil Bindung entsteht, die deinem Sicherheitssystem gefährlich werden könnte. Wenn Augen berühren und dort eine Weile bleiben, dann sehen sie nicht nur die Augenfarbe, sondern alle Farben dahinter, die leuchtenden wie die dunklen. Sie fühlen und erobern alles dahinter, und das alles ist endlos.

Lass uns nicht nur hinschauen, sondern tief hinein. Und sehen, wie wir bis zum nächsten Wimpernschlag zusammen fallen und in uns rein. Wir brauchen keine Hände, um einander auf alle Ewigkeit zu ertasten.

UNGEBROCHEN

Du glaubst, dein Herz sei gebrochen.
Und ja, es fühlt sich so an, auch mir wurde oft
hineingestochen, aber mache dir jetzt bewusst, dass dein
Herz nie brechen kann, sondern auch unter Schlägen
unaufhörlich für dich schlägt.
Auch wenn du es verfluchst, auch wenn du nach einem
Ersatzherzen außerhalb deiner Brust suchst, es ist das,
was es immer war – wild und groß und kräftig und mutig
und solange es kann für dich da. Also kümmere dich
immer zuerst um das, was in dir ist, bevor du die Qualität
deines Herzens am Retten anderer Herzen misst.
Denn was auch immer geschah, schließ jetzt
deine Augen, fühl dein Herz und mach dir das klar:
Mit verletztem Herzen um andere zu kämpfen
stellt keinen Akt der Heilung,
sondern des Hochverrats an dir selbst dar.

GEDANKEN-KNAST

Du sagst, die Welt sei ungerecht, zu allen gut und zu dir schlecht, sagst, dass es sich aus irgendwelchen Gründen an dir rächt, Frieden und ewiges Glück seien dein Geburtsrecht – echt?

In jedem Moment, in dem du alles hasst,
hoffe ich, dass du dir ein Herz fasst und dich mit dem nächsten Satz befasst:

Die größte Last ist dein eigener Gedankenknast, in den das, was dein Verstand erfasst, eigentlich sowieso nicht wirklich hineinpasst.

Du und ich, wir sind so unglaublich unwichtig.
Glauben alles zu wissen, doch unsere Augen sind so verdammt kurzsichtig und die Egos selbst im Unrecht oft uneinsichtig. Und ja, absolut richtig, dass vieles Mist ist, aber die größte List ist, dass du wie so viele glaubst, dass du für die Welt überhaupt eine Rolle spielst.

Nicht, wie dein Gesicht aussieht.
Nicht, was du heute Abend anziehst.
Nicht, wie du riechst.
Ob du die Stunde im Park genießt.
Dich ärgerst, dass es plötzlich aus den Wolken gießt,
und dich dann noch der Typ von neulich abschießt.

Stopp.

Irgendwo auf der Welt ertrinkt ein Kind
im strömenden Regen.
Irgendwo kann sich ein Mädchen nach
einer Vergewaltigung nie mehr (frei) bewegen.
Irgendwo wird ein Mensch zum letzten Mal den Hörer
auflegen und sich für die letzten Atemzüge
einsam in die Wanne legen.
Irgendwo sagt jemand »Gnade!« und
ein anderer ist dagegen.
Irgendwo werden Menschenmassen auf
einen Bombenschlag sterben, weil Raketen wie
Sturmböen über ihre Heimatstädte fegen.

Tu dir und der Welt einen Gefallen
und löse die Schnallen
deines engen Korsetts – denn in seiner Enge
werden deine vielen Potenziale und Optionen
zu ungenutzten Theorien zerfallen.

DAS SPIELENDE HERZ

Haben von fast allem zwei, aber nur ein Herz.
Dieses ist größer als alles andere,
kräftig ziehend.
Alles in mir und zu mir hin und von mir weg,
von meinem Anfang bis zum Ende und ohne Pause.
Es ist, als ginge es nur um die Frage nach

blauer oder roter Pille
schnell oder langsam
Strategie oder Intuition
Liebe oder Vernunft
Wahrheit oder Frieden
Ja oder Nein
hingeben oder festhalten
jetzt oder später
sprechen oder schweigen
vergessen oder vertiefen
schlafen oder schöpfen
wegdrehen oder hinschauen
sie oder ich

?

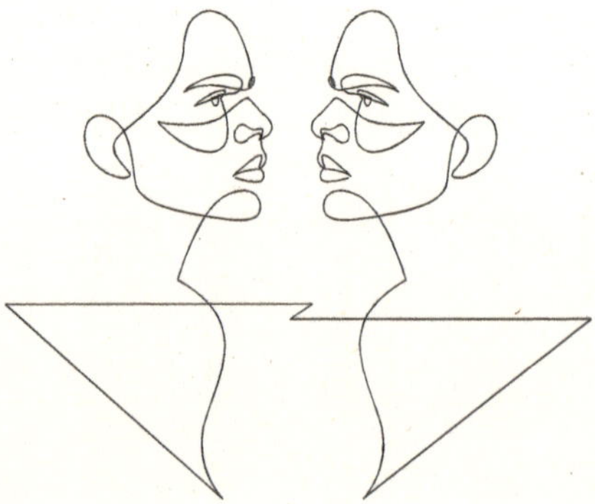

Der Frieden kommt nach dem Entweder-oder, glauben wir.
Doch was ist, wenn das Herz nicht kämpft,
sondern spielt?
Es zieht an einem Seilende, du am anderen.
Es geht hin und her, vor und zurück,
mal reißt du, mal wirst du mitgerissen.
Vielleicht will das Herz bloß, dass du siehst, wie es spielt,
dass es zwei braucht, manchmal aber nur eins genügt.
Und dass es nie ein Entweder-oder gab,
sondern ein sich ständig bewegendes Sowohl-als-auch.

LIEBE IST EINE ENTSCHEIDUNG

Berühre im Vorbeigehen deinen Kopf mit meinen Händen,
fühle die Kälte in meinen vier Wänden.
Ist es der Herbst oder Heimweh?
Inhaliere gierig den Duft von frischem Kaffee.
Ich sehe mich, weiß aber nicht, wo ich steh,
hab keinen Plan B, versteh aber grundsätzlich die Idee.

Wohin mit mir?
Du willst nicht, dass ich geh,
bittest zu bleiben, bei dir,
doch es ist nicht hier, wo ich mich seh.

»Fahr zur See!«,
riet mir jemand,
womit mein Entschluss feststand.
Nun stehe ich am Strand, in mir Trauer,
doch auf eine seltsam absurde Art tut sie nicht weh.

Lasse den Sand durch die Finger rieseln.
Den warmen Regen auf meine nackte Haut nieseln.
Schließe meine Augen, sehe dich.
Neuanfang oder Schlussstrich, frage ich mich.

Zurückgekommen, doch in mir bleibt alles still.
Ich weiß noch immer nicht, was ich will.

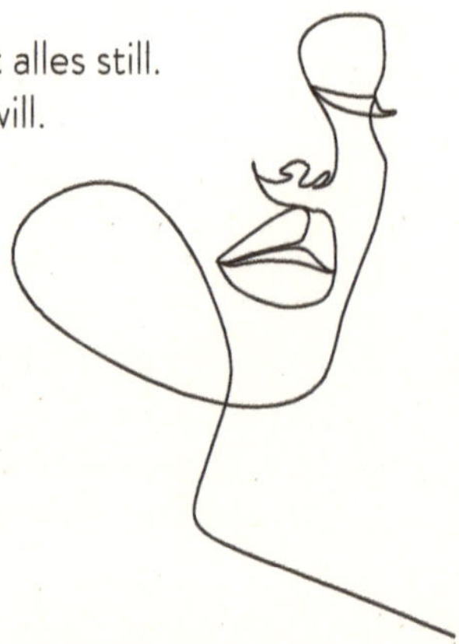

Du sitzt geduldig da,
fragst mich nicht, was ich fühle, wo ich war.
Ich komme dir nah, berühre deinen Kopf mit meinen
Händen,
und da wird mir klar:
Verbindungen enden,
wenn wir nicht immer wieder entscheiden,
uns ihnen immer wieder zuzuwenden
und ihnen unsere Energie zu spenden.

Ich rieche meinen Kaffee – wie jeden Morgen,
fühle die Wärme, mich geborgen, in mich hinein,
keine Spur von all den Sorgen.

Denn da war die Gewissheit, vermutlich immer schon
ganz tief verborgen:

Niemand kann mir jemals das Gefühl besorgen,
am richtigen Ort mit dem richtigen Menschen
richtig zu sein.

Zuhause ist eine Entscheidung.
Liebe ist eine Entscheidung.
Zukunft ist eine Entscheidung.

Eine Entscheidung in unserem Herzen.
Solange wir all das woanders suchen,
wird es uns unaufhörlich suchen lassen,
und solange auch an den schönsten Orten der Welt
im ganzen Körper schmerzen.

LET IT BE

Ich weiß, du willst den Kampf,
weil kämpfen noch immer einfacher ist als weggehen.
Doch wo Krieg ist, werden nie weiße Flaggen wehen,
und wo Kämpfe sind, wird nie wieder Liebe entstehen.

Was sein soll, wird es ohne deinen Feldzug sein.
Wer mit dir sein will, wird freiwillig dein.

Geh weg,
denn
Zwang hatte noch nie einen Zweck.

TROPENREGEN

Ich liege mit dem Kopf im Loch einer Massagebank und schaue auf eine Schale mit Sand und Muscheln, die unter mir auf dem Boden steht. Ich liebe Massagen – eigentlich. Doch ich hasse, wo ich bin. Jetzt gerade hasse ich Kokosnussölduft. Die zarten Hände der Masseurin. Und die Bilder in meinem Kopf, die genauso schmerzen wie mein steifer Nacken und die Erkenntnis, dass mein Leben gerade alles andere ist als eine wohltuende Aromaölmassage. Die kleine Frau über mir drückt mit aller Kraft auf meine Wirbelsäule, als übermittle ihr Körper die Botschaft: Ich sorge jetzt dafür, dass du bleibst, wo du bist, verdammt noch mal jeden Zentimeter deines Seins spürst und in diese Sandschale starrst, bis du verstehst.

Diese fängt den ersten Tropfen auf, der aus meinem Auge kommt, dann den zweiten und schließlich einen selbst gemachten Monsun. Mein Körper bebt. Der Sand verdunkelt sich. So viele Naturgewalten in einem Raum. Und dann schieben sich neue Bilder vor die gehassten wie eine Wolke vor die andere und begießen mich mit Klarheit und Hoffnung wie ein warmer Regenschauer eine Gedankenwüste. Wie meine Tränen diese Strandidylle in einer 15-cm-Durchmesser-Glasschale.

Und ich höre mich zu mir selber sagen:
Du bist ganz oben.
Du bist der Regen.
Du bist jeder Tropfen.
Du bist Leben.
Du gibst Leben.
Du bist alles.

Und so viel mehr und größer als das, was du jetzt und hier glaubst zu sein.

2
ICH BIN DER WALD

ICH BIN DER WALD

Ein mystischer Ort, an dem es nur nach innen hallt.
Ob bei Schnee oder Sommersonne – unter meinem
Deckel bleibt es wohlig und ruhig,
aber dunkel und kalt.

Im Frieden ruhend und abgeschieden
bin ich allzeit bereit, Altes, Nutzloses und auch Gutes
zu verabschieden, um Platz für neues Leben zu schaffen
und Luft zum Atmen zu kriegen – und schließlich reine
zurückzugeben.

Meine Töne sind flüsternd leise,
meine Erscheinung stark und weise.

Meine Wurzeln elementar und tief,
Transformieren mein Motiv.

Merke dir eins:
Lässt du mir meinen Raum,
schütze ich dich wie jeden einzelnen Baum.

Und möge dann
Eiswasser auf uns herabregnen,
tut es uns nicht weh,
da wir wissen, es ist alles okay,
wenn wir uns in warmer Geborgenheit begegnen.

Doch tust du mir weh,
nimmst mir Leben und meinen Frieden,
werde ich dich abwerfen
und mich
auf alle Zeiten
von dir verabschieden.

AUFGEGEBEN, UM ANZUFANGEN

Aufgegeben,
mich wegen Morgen zu sorgen.
Wäre ich sonst genau dieser Mensch geworden?
Aufgegeben,
mich mit Zweifel zu plagen,
und stattdessen angefangen, immer das Abenteuer zu wagen.
Aufgegeben,
ständig zu klagen
und Angst zu haben vor
einem Abschied
Veränderungen
Unbekanntem
Anderem
Anderen
Schmerz
einem weinenden Herzen
Risiko
Kritik
Enttäuschungen
Trennungen
Verbrennungen
einem Nein
dem Anderssein
allerlei Not
dem Tod.

Denn eins kann ich dir mit Gewissheit sagen:
Dein Schmerz ist kein Dämon,
er ist das Beste in dir, das im Gedankengefängnis auf
seinen Befreiungsmoment wartet.
Dein Zusammenbruch ist deine Chance auf einen
Durchbruch. Trau dich, dich nach den Schlüsseln zu verschlossenen und dann nach neuen Türen umzuschauen
und mit deiner Vorstellungs- und Schaffenskraft neue,
weite Räume auszubauen.

Und willst du mehr, dann nimm einen Pinsel und
male auf die Wände mit bunten Farben das Leben,
für das es sich am Ende lohnt, lächelnd zu sterben,
der Rest wird sich ergeben.

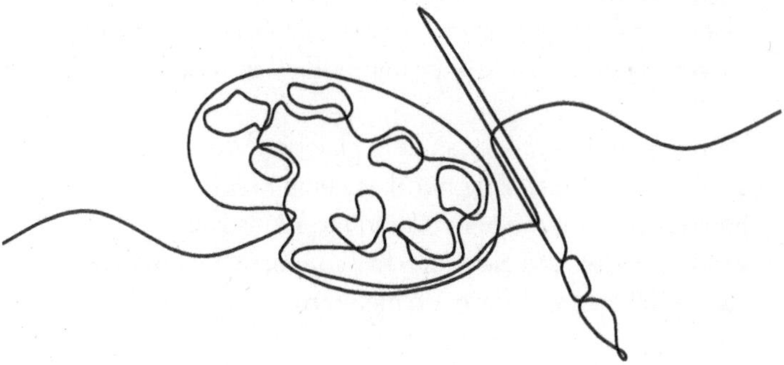

Glaubst du nicht?
Dann ließ es noch mal, dieses Gedicht, es ist für dich.

ALTERNATIVWEG

Ich wollte es so sehr, dass ich gar nicht fühlte, dass es nicht ich war, die es wirklich wollte.

Wollte erreichen, bekommen, dazugehören, gewinnen, verlieren, anfangen, beenden, ankommen, woanders sein. Habe gekämpft, gelitten, mich geärgert, resigniert und wieder von vorne, bis ich mich endlich ehrlich fragte: Ist es wirklich das, was DU willst? Oder ist es bloß ein blutender Teil in mir? Mein Ego? Fremdbestimmung? Eine irrationale Fantasie, die nicht mit meiner Wahrheit matcht? In der radikalen Ehrlichkeit begegnen wir dem, was wirklich zu uns gehört, und dem, was einfach nicht für uns bestimmt ist. Du wirst es anfangs womöglich nicht immer mögen, aber du wirst es lieben, wenn es mit dir verflossen ist und weiter mit dir fließen wird.

Wenn du immer wieder an dem gleichen Vorhaben scheiterst, dann stell dir nur diese eine Frage: Bin ich bereit, mich von meinem bisherigen Wunschweg zu verabschieden und die Wege frei zu machen, damit das kommen kann, was für mich bestimmt ist?

Finde dein Vertrauen, verspielte Naivität und leichte Herzensenergie und gehe los, um das zu finden, was du wirklich brauchst – nicht das, was du glaubst zu wollen.

WAND(EL)

Mit manchen
wollte ich alle Wände runterreißen,
mich hastig ins Kaputte schmeißen,
um keine Zeit zu verlieren
und noch in diesem kurzen Leben
in ein neues Fundament aus robustem Mischmaterial
investieren.

Und für manche
musste und werde ich dicke Wände hochziehen,
um ihren fiesen Energien und Ideologien zu entfliehen
und ihnen nicht zu erlauben, meine sorgfältig gebauten
Bauwerke zu ruinieren.

Es ist mein Recht, mich schützend zu distanzieren
und nicht darüber zu diskutieren, warum mich nicht alle
zum Abreißen meiner Wände inspirieren
und sich auch niemals
für den Besuch meines Inneren qualifizieren.

IRRATIONAL

Hab mir den Kopf zerbrochen und nie verstanden,
warum mein Körper
so sehr
an deinem klebt.
Warum meine Seele danach strebt,
dass sie zusammen mit dir abseits aller anderen schwebt.
Und warum dein Sein
meins
durch bloße Anwesenheit belebt.

Bis ich verstand, dass mein Verstand es niemals verstehen
kann, weil das, was es ist, noch nie in den Verstand gelangt.

Es war nie das, was du im Kopf hast,
und ob dein Denken zu meinem passt.
Nie das, was du fragst,
und ob du sagst, dass du meine Antworten magst.
Auch
nie das, was du tust,
und ob all deine Hingabe auf Liebe oder Angst fußt.

Es war und du warst immer das:
Ein Lagerfeuer in der kühlen Nacht.
Das sanfte Licht, wenn nach der Nacht die Welt erwacht.
Musik im stillen Wald, in meinem lauten Kopf.
In meinen Noten der Violinschlüssel, der die Türen zu
verschlossenen Räumen aufmacht.

Ideal in jeder Funktion.
Und in meiner Expedition der reale Beweis für den
berechtigen Verdacht,
wir seien einfach so füreinander gemacht.

Mein Herz wusste es als Erstes, dass

es das schon immer gewesen ist,
die irrationalste aller Thesen:

Das Gefühl,

das deine bloße Existenz mir gibt,
alle logische Argumentation beiseiteschiebt und
zulässt, dass alles von mir
einfach so
alles von dir liebt.

HAND IN | OHNE HAND

Wir hielten uns an den Händen
und wussten, dass wir längst losgelassen hatten.
Und dann hielten wir sie noch fester,
weil wir nicht wussten,
wie tief wir ohneeinander fallen würden.

(NICHT) COOL

»Cool«, sage ich. »Es ist, wie es ist.«

Doch tief in mir
hasse ich dich, hasse ich mich,
dass du nicht mehr hier bist.
Dass alles ohne uns passiert
und ich zusehen muss,
wie mein Kühlsystem
allmählich abschmiert
und mein brennendes Herz in der Hitze
seinen Schutzschild verliert.

ELF UHR ELF

Mein Blick fällt auf die Uhr, jeden Tag zur gleichen Zeit,
wie ein Reminder daran, dass das Universum mich mag.

Kurz bleibt die Zeit stehen, lässt mich meine Gedanken
um 360° Grad drehen und das Gute sehen.
Das, was ist, das, was wird,
vor allem, wenn meine Seele noch suchend durch die
Welt irrt.

Für einen Moment ist es die universelle Energie, die
mich lenkt, mir Schutz und eine stabile Direktverbindung
nach oben schenkt, damit ich weiß – zumindest für eine
Minute –, dass ich längst richtig bin auf meiner Route.

EINES TAGES

Und eines Tages wird die Tür geschlossen bleiben. Du dahinter, ich davor. Ich werde anklopfen und du wirst mich abwinken. Deine Spielsachen werden verschwunden sein. Die Bilder, die ich für dich aufgehängt hatte. Der Teppich, auf dem du zum ersten Mal liefst. Du nimmst dir selbst Frühstück. Und das Recht, mir nicht zu sagen, was du wirklich denkst und fühlst. Ich werde fragen, was es ist, um in deiner Nähe zu bleiben. Du wirst genervt sein, ich hartnäckig, nachdenklich. Verständlich. Denn du wirst allein herumhängen, ich an dir. Vermutlich werde ich hoffen, dass du mich fragst, ob wir zusammen essen gehen. Vermutlich fragst du lieber deine Freunde, von denen ich hoffentlich die Namen kennen werde. Und wissen, dass sie gut für dich sind. Obwohl: Not my business (anymore). Ich werde dich gehen lassen müssen, damit Liebe und Vertrauen bleiben. Dieses besondere Band. Welch Ironie, dieses Leben. Wie paradox, das Du und Ich. Gleiche Bedürfnisse, nur zeitversetzt. Ein Blatt, das sich irgendwann wendet, wir wissen nicht, wann, aber dann brauche ich dich mehr als du mich. Und ich bin freudig, neugierig, zweifelnd und verängstigt, ob du mir fehlen wirst, auch wenn uns nur eine Tür trennt.

… und ob ich diese Seite irgendwann lesen und lachen werde, weil alles ganz anders gekommen ist.

GEKOMMEN, UM ZU GEHEN

Irgendwann
legst du dich nicht mehr in meine Arme, wenn du müde bist.
Irgendwann
hast du mich nach einem ganzen Tag ohne mich nicht vermisst.
Irgendwann
fragst du nicht, ob du ein Foto mit meinem Handy schießen kannst.
Irgendwann
fragst du nicht mehr, weil du nach einem eigenen Handy verlangst.
Irgendwann
werde ich mich bestimmt kurz fragen, ob es überhaupt Sinn ergibt, Kinder zu bekommen, um sie dann – irgendwann – gehen zu lassen.
Irgendwann
wirst du hoffentlich sagen: Auch wenn ich nicht bei dir bin, Mama, wird mein Herz deins nie verlassen.
Und für dieses »Irgendwann« gebe ich jetzt alles,
was ich kann:
Liebe, Wissen, Fun, alles Drum und Dran.

Denn dieses »Irgendwann« ist das »Wann?« für die Mutprobe, bei der du und ich uns selbst und einander beweisen werden, wie gut wir im JETZT sind. Mama und Kind, füreinander und doch für die Trennung bestimmt.

Irgendwann, bevor wir sterben, werden wir hoffentlich mit Leib und Seele erleben, wie krass es doch war, selbst simple Erinnerungen für alle Ewigkeit zu erben.

BAUFEHLER

Ich baute mein Zuhause in deinen Schoß
und als du gingst, wurde ich obdachlos.

Nie wieder.

NEUBEGINN

Aufgehört zu wünschen, dass du zuhörst.
Aufgehört zu glauben, dass es wichtig ist, was du über
mich denkst.
Aufgehört, (mich) zu fragen, was ich falsch mache.
Aufgehört zu sagen, dass du nichts verstehst, anstatt zu
verstehen, dass es keinen Sinn ergibt, dich von mir zu
überzeugen.
Aufgehört, mich zu rechtfertigen, damit du mich magst.
Aufgehört, mir einzureden, frei zu sein, obwohl ich es
nicht war.
Aufgehört zu denken, dass aufzuhören zu versagen
bedeutet.

Angefangen zu verstehen, dass aufzuhören bedeutet,
mit der Angst und Unklarheit loszufliegen und mein
Glück und meinen Wert nicht mehr von dir abhängig zu
machen.

Freiheit ist mein state of mind. Und was Freiheit gelebt
bedeutet, werde ich nicht erleben, wenn ich mein Leben
in deinen Kopf lege.

RAUMWUNDER

Manchmal zu viel Raum für zu wenig Energie.
Manchmal zu wenig Raum für zu viele Emotionen.

MASKE AUF UND DURCH

Es gibt immer etwas, das größer ist als der eine Moment, den du kaum aushältst. Etwas, das wichtiger ist als eine schnelle Lösung für den kurzen Schmerz, etwas, das dir gehört, schon jetzt. Setz deine Sauerstoffmaske auf und erinnere dich, was es ist, und halte dich daran fest, bis der Moment vorbei ist.

MEINE HAUT

Bitte schweig,
denn ich bin's leid,
dass deine lauten Gedanken wie Tattoonadeln in meine
Zellen gehen
und mit der dunklen Farbe
meiner Haut den Platz für lichte Liebesgeschichten
stehlen.

Menschen kommen, aber nicht immer, um zu bleiben.
Menschen kommen, aber nicht immer, um zu bleiben.
Menschen kommen, aber nicht immer, um zu bleiben.
Menschen kommen, aber nicht immer, um zu bleiben.
Menschen kommen, aber nicht immer, um zu bleiben.
Menschen kommen, aber nicht immer, um zu bleiben.
Menschen kommen, aber nicht immer, um zu bleiben.
Menschen kommen, aber nicht immer, um zu bleiben.
Menschen kommen, aber nicht immer, um zu bleiben.
Menschen kommen, aber nicht immer, um zu bleiben.
Menschen kommen, aber nicht immer, um zu bleiben.
Menschen kommen, aber nicht immer, um zu bleiben.
Menschen kommen, aber nicht immer, um zu bleiben.
Menschen kommen, aber nicht immer, um zu bleiben.
Menschen kommen, aber nicht immer, um zu bleiben.
Menschen kommen, aber nicht immer, um zu bleiben.
Menschen kommen, aber nicht immer, um zu bleiben.
Menschen kommen, aber nicht immer, um zu bleiben.
Menschen kommen, aber nicht immer, um zu bleiben.
Menschen kommen, aber nicht immer, um zu bleiben.
Menschen kommen, aber nicht immer, um zu bleiben.
Menschen kommen, aber nicht immer, um zu bleiben.
Menschen kommen, aber nicht immer, um zu bleiben.
Menschen kommen, aber nicht immer, um zu bleiben.
Menschen kommen, aber nicht immer, um zu bleiben.
Menschen kommen, aber nicht immer, um zu bleiben.

MÄRCHENPALAST

Leise rieselt der Schneepalast
unter all seinem Ballast
in sich zusammen.

Gebaut aus eisigen Bildfetzen, die sich einst mit
eiserner Verbissenheit zu einem prächtigen Wunschbau
zusammensetzten.

Ungestillte Sehnsüchte haben wir verbaut, in allen
Elementen vertraute Gerüche und unverstandene
Gefühle verstaut.

Und immer nur
auf Entwürfe, nie über den Rand und um uns herum
geschaut.
Blind auf die Statik und unsere Willensstärke vertraut.

Gemeinsam so stark und so laut,
doch so unfassbar einsam und verloren in der eigenen
Haut.
Und so haben wir uns am Ende die Chance auf ein
warmes Zuhause versaut.

Wo einst was stand, sind nur noch Reflexionen aus der
Zeit zu zweit, mit all dem Leid, dem letzten Streit.

Und weit und breit
nichts, was unserem Versuch, Architekten unserer Liebe
zu sein, noch Hoffnung verleiht.

Die Feuerquelle verschneit
und alles, was wir noch hören, ist unsere Sehnsucht, die
immer noch nach Erlösung schreit.

Wir haben gelernt.

Gelernt, dass es etwas gibt, das Menschen voneinander
und abstrakte Träume von gelebten Träumen entfernt:

Dass ein Märchenpalast aus Schnee nicht wärmt, egal,
wie sehr uns die Vorstellung des perfekten Zuhauses
gefällt.
Dass er trotzdem wie ein provisorisches Zelt im Sturm
zerfällt, wenn sich Illusion zur Illusion gesellt.

Und die gemeinsame Welt bloß ein Konstrukt aus
unaufgeräumten Brocken alter Bauten hält.

WARMBLÜTER

Wenn sich Körperwärme wie Eiseskälte anfühlt, ist es Zeit zu gehen und mit jemandem zu sein, mit dem du nicht frierst.

MACHTLOS

Kannst nicht ohne, kannst nicht mit. Es ist wie eine Erinnerung an etwas Schönes, das seine Schönheit verloren hat, weil es nicht mehr da ist. Du rennst weg, doch ein Teil bleibt immer da, wo du es zuletzt gesehen hast. Und während und weil du es hasst, liebst du es eigentlich noch mehr und immer – und du kannst absolut nichts dagegen tun.

Und nichts dagegen, dass nicht du dir die Liebe aussuchst, sondern sie sich dich.

WAS WIR ÜBERSEHEN

Wir leiden, weil wir glauben, Anspruch zu haben,
auf die Perfektion des Moments
und sein »Für immer«.
Und wenn wir verstehen,
dass er uns nie gehört hat,
dass die Perfektion nur in ihrer Vergänglichkeit
perfekt ist,
lernen wir, dankbar zu sein, dass wir ihn überhaupt
erleben durften.

NUR KUNST

Du warst mein schönstes Gemälde.
Bis ich erkannte, dass ich es selbst gemalt hatte.

(mit einem Glas Wein in der Hand)

ICH SEHE WAS, WAS DU NICHT SIEHST

Träume platzen, Ziele missglücken.

Sag bitte nicht, dass es dich bricht.
Denn
Dinge verändern und Gedanken drehen sich.
Und lassen sich fügen zu neuen Brücken
auf und zu noch besseren Grundstücken.

Öffne dich bloß für die Möglichkeit,
aus den alten Bruchstücken
neue Rohstoffe zu gewinnen,
die mit der Zeit
den einst blanken Boden
mit einer besonderen Geschichte schmücken.

WILL ICH?

Es kam der Tag, an dem ich mich fragte:

Will ich wirklich wissen, was du denkst?
Will ich wirklich wissen, ob an mich?
Will ich wirklich wissen, ob wir Geschichte schreiben?
Will ich wirklich wissen, ob du Gift bist, oder ich?
Will ich wirklich wissen, was wir werden können, wenn wir so bleiben?
Will ich wirklich wissen, ob es trotzdem Liebe ist, oder nicht?
Will ich wissen, ob du fühlst, was ich fühle, und ...
will ich wirklich wissen:
Will ich wirklich dich – oder eigentlich bloß das süße Gefühl, das sich über Nacht und Tag für Tag in Kopf und Körper schlich?

Bis eine leise Stimme in mir spricht, dass ich uns zu lang
mit Idealen verglich, in der Illusion, wir seien echt und
ewig, einander ähnlich, einander dienlich,
füreinander dauerhaft gültig – Gott, wie dämlich.
Folglich beschloss ich innerlich und feierlich:

Ich will nicht mehr. Nichts wissen, nichts missen.
Ich will nur noch eins: einen Schlussstrich.

FERNE, GROSSE LIEBE

Wie sehr ich sie mir wünschte,
deine Liebe.

In der Gestalt von
Umarmungen und Küssen auf meiner Stirn. Ich wünschte mir, dass du meine Hand hältst, wenn sie kalt war und nach deiner suchte, dass du beiläufig über meine Haare streichst, mir sagst, dass du stolz bist, mich liebst und versprichst, dass alles gut wird. Und dass ich es glauben konnte, weil ich auf deinem Schoß saß und damit auch die Sicherheit, ganz tief in mir.

Doch gut fühlte es sich selten an, dich fühlte ich selten. Die Sicherheit deiner Liebe war genauso unsichtbar wie du. Ich hätte nicht sagen können, wie du riechst, aber sofort, wie deine Stimme klingt, wenn du sie benutzt hast, weil die Lautstärke noch heute in meinen Ohren vibriert.

Sie erzählte, wie du die Welt siehst und wie man Gutes in sie hineinbringt. Du nahmst mich mit und zeigtest sie mir. Und auch was es bedeutet, da zu sein, wenn es darauf ankommt, wenn auch weit weg. Ein Nein öfter als ein Ja, aber wenn das kam, dann zu Abenteuern und dem Anderssein, das du für mich wolltest.

Wie sehr ich heute verstehe, was du wolltest. Wie viel du für mich wolltest. Und wie und was du dafür geben konntest.

Deine Liebe. Nicht das, was ich unter Liebe verstand, sondern den Ausdruck, den du kanntest. Deine Liebe war immer da und ich suchte so lange, weil ich sie nicht verstand und dachte, sie müsste sein wie meine.

Durch dich habe ich erkannt, dass Liebe in verschiedensten Gewändern wandert und ich nicht erwarten darf, dass jemand seins ablegt und mir zuliebe meins anzieht.
Es würde einfach nicht passen.

PO-ESIE

Für'n Arsch
ist, dass
es unsere Gedanken sind, die die Sache oft schlimmer machen, als sie es ist,
wir es nicht wissen
(und manchmal doch)
und trotzdem meist nichts an ihnen ändern.
Und alles unverändert bleibt, bis es sich vielleicht selbst verändert und wir mit dem Ergebnis leben müssen.

WEITERGEHEN

Es gibt etwas,
das viel schwerer ist
als die schweren Entscheidungen, die wir treffen.

Es ist die Schwere des Aushaltens
dessen, was danach kommt.

Weil es sich manchmal so viel schwerer anfühlt weiter-
zugehen, anstatt wieder zurück
zum dem, was wir kennen und deswegen mit Sicherheit
verwechseln.

Doch es gibt etwas,
das viel besser ist als das, was war, nämlich das, was da
vorne auf dich wartet, wenn du weitergehst,
um herauszufinden, was.

AUSSTEIGER

Lass mal aussteigen
und von außen zuschauen,
wie sich alles dreht
und kopfsteht.
Wie sie in der Hast ihrer Zeit die Zeit klauen
und wir derweil im Nichtstun schweigend verweilen.

VERSUCH

Weißte,
nach all meinen verzweifelten Versuchen, zu verstehen,
habe ich verstanden, dass wir niemals und überhaupt
nichts wirklich verstehen werden, doch niemals aufhören
sollten, verstehen zu wollen, weil uns das Bemühen um
das Verstehen verbindet und wir nichts Echtes mehr
haben, wenn wir den Versuch aufgeben.

STRATEGIE-WECHSEL

Frieden ist nicht das, was du nach dem gewonnenen Kampf spürst. Das ist die kurzzeitige Befriedigung deines Egos.
Frieden ist das, was du in dir schaffst, wenn du noch mittendrin bist.

Finde dein Vertrauen in unsicheren Zeiten.
Ruhe im Chaos.
Formuliere für jeden dunklen Gedanken zwei helle.
Hoffnung ist eine Entscheidung. Entscheide dich, Entscheidungen für Veränderung (in dir) zu treffen.
Denk daran, dass deine Welt sich ändert, wenn du dich änderst.
Du bist mächtig, auch wenn du dich schwach fühlst, und oft gerade dann ganz besonders.
Lass dir helfen, um Kräfte zu schonen und neue zu schöpfen, aber versäume nicht, selbst nach Hilfe zu fragen.
Lege nie den Glauben an deine Fähigkeiten ab.
Halte es aus.

ZIRKUS

Wir bauen einen Zaun,
hinter dem wir uns sicher wissen.
Und machen uns zum Clown,
weil Zäune uns nicht schützen,
sondern bloß die Absperrung unserer Manege stützen.

Wir bleiben Kunstfiguren, abstrakte Kreaturen,
hinterlassen Applaus, keine Spuren.
Leid in Einsamkeit auf menschenleeren Fluren.

Mit dem Make-up
nehmen wir auch den Zaun ab.
Niemand mehr da, der uns beim Echtsein ertappt.

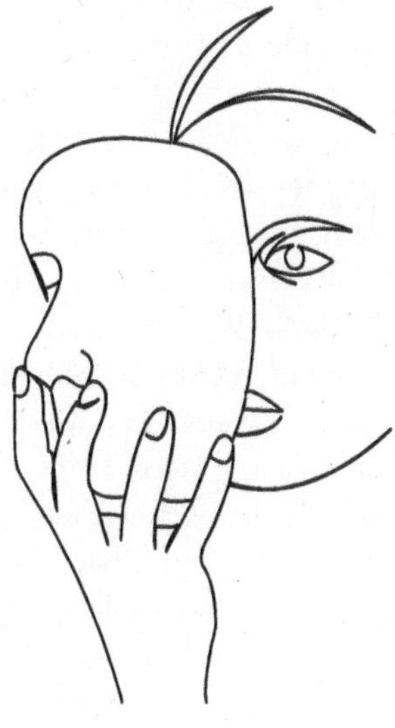

ICH WILL (DAS NICHT) MEHR

Ich liebe Menschen, aber die wenigsten will ich in meiner Nähe. Denn die meisten bleiben mir trotz Blick-, Körper- und Wortkontakt fern und fremd, und das entfernt mich von mir selbst. Ich will nicht mit jedem tief tauchen, aber ich will auch keine Oberflächen mehr. Keine trivialen Fragen und automatisierten Antworten. Ich will nicht so tun, als wäre ich interessiert, wenn ich es nicht bin. Nicht daran, was wer zu wem gesagt und wer wem geschadet hat, und was du getan haben musst und was getan werden muss, weil es sich so gehört. Ich gehöre nicht hierher.

Ich will das Gefühl hinter alldem. Ich will wissen, warum es wehtut und wo und was der Schmerz mit dir macht. Ich will mit dir herausfinden, ob wir gleiche Narben tragen und wo sie sind und dass es kein Zufall ist, dass wir uns begegnet sind. Ich will in deiner Stimme hören, dass du berührt bist, weil es mich berührt und uns gegenseitig. Ich will wissen, was du liest und wie es dich verändert. Ich will die Moral, nicht nur deine Geschichte. Ich will deinen Kampf, nicht nur deine Siege. Ich will wissen, dass und warum du weinst und welche Vision dich lächeln lässt. Ich will die Essenz, nicht die akkuraten Schichten, mit denen du dich schützt und die niemals zulassen werden, dass ich dich fühle. Ich will in dir versinken. Mit dir in die Tiefe fallen, weil die Welt zu komplex ist, um nur oben zu stehen und die Aussicht zu genießen – in der Überzeugung, die Kontrolle und damit alles erreicht zu haben.

Alles darf so, du darfst so, aber ich will nicht dabei sein.

ALLES ODER NICHTS

Lange habe ich gedacht, ich sei bloß introvertiert. So einfach ist es aber nicht. Ich bin oft lieber allein, weil mich die Schale langweilt und ich den Kern will. Weil ich mich selbst spüre, wenn ich den anderen Menschen spüre. Weil das die Liebe ist, für die ich lebe und die mich mit einigen wenigen Menschen in meinem Leben verbindet. Und das ist die, die mich von anderen trennt

und die Sache mit den Menschen und mir zu einem »Alles oder nichts« macht.

ERBE

10 years have gone by

Und ich hätte da noch einige Fragen, die ich damals nicht gestellt habe, weil ich sie noch nicht hatte.

Hättest du anders gelebt, wenn du gewusst hättest, dass du mit 55 stirbst? Hättest du diesen Job gemacht? Täglich bis spät in der Nacht gearbeitet? Den Blick vom Screen genommen und auf uns gerichtet, als wir ein Gespräch suchten? Hättest du die Augen aufgemacht, wenn du gewusst hättest, dass dieses Foto eines unserer letzten Bilder sein würde? Hättest du diesen Streit verhindert, den wir hatten, als ich an jenem Tag ins Krankenhaus kam? Hättest du dich entschuldigt, wenn ich dir gesagt hätte, dass du mich mit deinen Worten an jenem Novembertag wahnsinnig verletzt hast? Hättest du einen Brief an meine Kinder geschrieben, wenn ich dir erzählt hätte, dass ich mir Kinder wünsche und sie wissen sollen, wer du warst? Hättest du mir mehr von dir erzählt, wenn ich dir gesagt hätte, dass ich dich bewundere, egal, welche Fehler du begangen hast? Hättest du dir mehr Zeit für gemeinsame Zeit genommen, weil du gewusst hättest, dass nichts wichtiger ist als die Liebe? Hättest du häufiger über die Liebe gesprochen und sie mir gezeigt, wenn ich dir früher gesagt hätte, dass ich sie nicht kenne? Hättest du allen Menschen vergeben, die dich verletzt haben, wenn dir klar gewesen wäre, dass Vergebung befreit?

Und Papa, wärst du in meinen Armen gestorben und nicht erst, als ich dein Zimmer kurz verlassen habe, wenn ich dir versprochen hätte, dass es für mich okay ist, wenn du gehst?

Diese Fragen gehen raus in die Welt, in der du nicht existierst, und sie werden für immer unbeantwortet bleiben. Aber sie zu formulieren gibt mir einen Zugang zu einer Welt in mir, in der der Tod präsent ist – nicht als Bedrohung, sondern als Erinnerung. An das Leben, das nicht wartet, bis jemand die richtigen Fragen stellt und dich aus deinem Nebel holt. Es ist okay, dass mir niemand diese Fragen beantworten kann, denn sie helfen mir, mein Leben mit allen Fasern zu leben und mich lebendig zu fühlen. Manchmal stelle ich sie mir selbst, um mich zu vergewissern, dass ich wirklich liebe, lebe, lache – und nicht nur existiere.

Diese Fragen habe ich dank dir und vielleicht sind sie das größte Geschenk, das du mir geben konntest.

CHAOSTHEORIE

Das Leben ist kein Puzzle,
warum befassen wir uns also damit,
die vielen Teile passend zu machen und
ein Bild der Ordnung zu schaffen,
wenn es vielleicht doch immer nur darum ging,
sie bloß zu sammeln und in ihrer bunten Unordnung zu bewundern?

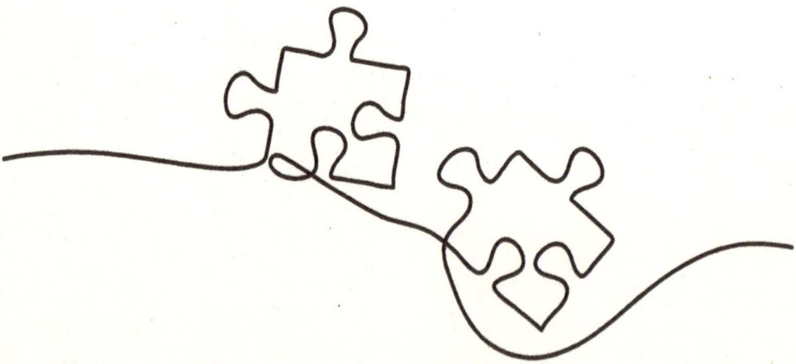

LEBENDIGKEIT

Ich habe mich umgeschaut.
Und festgestellt: Wir sind alle gleich.
Ein Teil in uns hart, ein anderer weich.
Leben in der Hölle und zugleich im Himmelreich.

Stellen uns tot und glauben, Härte schütze uns vor Leid,
dass uns Coolness von Kälte befreit.
Während der andere Teil in uns dagegenhält und mit
zarter Stimme beharrlich nach warmer Liebe schreit, in
leiser Deutlichkeit sagt, für Sterben sei doch jetzt noch
keine Zeit, denn es ist ja die Liebe, die unserem Sein
Lebendigkeit verleiht.

Es ist vielleicht das größte Missverständnis unseres
Seins, wir seien safe in der Gestalt eines Steins.
Und versäumen, dass es nie um Sicherheit ging,
nie um Schutz,
und dass das Leben schon vor dem Tod endete,
als mit dem Verhärten das Sterben langsam anfing.

Hart und kalt wirst du sowieso sein, dann, wenn du tot bist,
sorge also dafür, dass sich deine Lebensqualität bis dahin
daran bemisst, wie weich und warm deine Hülle ist.

AUF IRRWEGEN

In einem Moment breche ich auf und suche die weite Welt, im nächsten suche ich in ihr nach Schnipseln der eigenen kleinen, der vertrauten. Ein bekanntes Gesicht am menschendichten Flughafen. Nach einem Song von damals im Radio auf einer langen Autofahrt in der Nacht. Nach einer Berührung, die mich an eine Berührung erinnert, die Bedeutung hatte, aber verloren ging. Es ergibt keinen Sinn, ich verstehe es nicht. Um schließlich, am Ende einer der vielen unzähligen Reisen, zu verstehen, dass ich nie die weite Welt gesucht habe, sondern in ihr nach etwas, das ich dort nicht verloren hatte.

BACKSTAGE

Ich will, dass du weißt,
dass meist
auch Leidenschaft Liebe heißt,
und dass die Kopie, dreist wie ein Geist, gern unbemerkt
das Originalbild zerreißt.
Was echt ist, was nicht, wirst du wissen,
wenn deine Augen, von der Schönheit mitgerissen,
auch beim Blick hinter die Kulissen
keine Formen und Farben vermissen.

VERLORENE ZUKUNFT

Ich betrauere nicht das, was war.
Nicht das, was ist.
Ich betrauere das, was niemals wird sein können.

Versuche, die Zukunft zu vergessen,
und stelle müde fest,
dass das, was wir zu vergessen versuchen, das ist,
was wir immer am meisten vermissen.

ENDE UND ANFANG

Deinen Anfang verdankst du einem Ende, denn alles auf dieser Erde ist auf Abschied ausgelegt.

Wir existieren, weil andere es nicht mehr tun.
Frisches Wissen findet Platz, weil unser Gehirn altes löscht.
Neues wagen wir, weil wir beschließen, Bekanntes nicht mehr zu tun.
Du kannst jemandem dein Herz geben, weil du es jemand anderem verwehrt hast – oder jemand dir seins.
Du bist genau hier, weil du irgendwann einen anderen Ort verlassen hast.
Alles, was du heute hast, bist und tust, ist, weil du eines Tages anderes hinter dir lassen musstest.

Wenn du dein Hier und Heute nicht erträgst, dann sorge dich nicht: Es gehört dir nicht. Und wird eines Tages vorbei sein. Vielleicht mit deinem letzten Atemzug, vielleicht schon gleich. Und alles, was du tun kannst, ist, dir der Endlichkeit von dir und allem um dich herum bewusst zu werden und zu beschließen, es zu lieben, solange du kannst, oder Abschied zu nehmen – um (wo)anders neu anzufangen.

UNENDLICH

Und was ist, wenn es kein Ende gibt?

Manchmal möchte ich glauben, dass nichts stirbt.
Dass mein bloßes Denken bewirkt,
dass sich deine Seele auf alle Ewigkeiten in allem verbirgt.

In jedem Regentropfen und in dem, was er berührt.
In jedem Windstoß und in allem, was er streift.
In Gesprächen und den Tischen, an denen sie stattfinden.
In allen Augenblicken und Blicken, die fremde Augenpaare tauschen.
In dieser Tastatur und den Sätzen, die sich hier bilden.

Wenn ich dein Ende verfluche, beschließe ich, dass es das nie gab.

Dann sage ich mir, dass bloß dein Körper starb,
und suche und finde dich in jeder Ecke meiner Gegenwart.

3
ICH BIN EINE BLUME

ICH BIN EINE BLUME

Stark genug, um durch Widerstände zu wachsen, zugleich zart und weich genug, um lebendig und im bescheidenen Sein schön und zufrieden zu sein. Ich nehme das Leben in mir auf. Nehme den Regen, ich nehme die Sonne, brauche beides, um sein zu können, wer ich bin, und zu werden, wozu ich geschaffen wurde. Ein Wunderkind von Mutter Natur, einzigartig inmitten der Blumenmeere, doch verbunden mit allem in mir und um mich. Bereit, sanfte Kämpfe auszutragen, um sein zu dürfen – weil ich zähle, weil ich kann, weil ich will. Ich will strahlen, in alle Himmelsrichtungen, und vertraue darauf, dass mir meine frische, begierige Energie, meine Klarheit, meine Überzeugung den Weg zeigen werden.

Dabei stets
der Erde und dem Himmel so nah.

NATURSCHÖNHEIT

Wir lieben, dass Sonne und Regen
gekrümmte Regenbogen ergeben.
Wir lieben, dass das Meer mal wild und mal glatt ist
und der Himmel mal blau, mal trist.
Wir lieben wilde Blumenwiesen mit Blüten in den unterschiedlichsten Formen und Farben.
Wir lieben die Berge und dass ihre Gipfel verschiedene Höhen haben.
Wir lieben, dass im Wald viele Bäume stehen und dass
wir in jedem einzigen Stamm Einzigartigkeit sehen.
Wir lieben, dass Afrika nicht aussieht wie Amerika und
Kanada nicht wie Korsika.

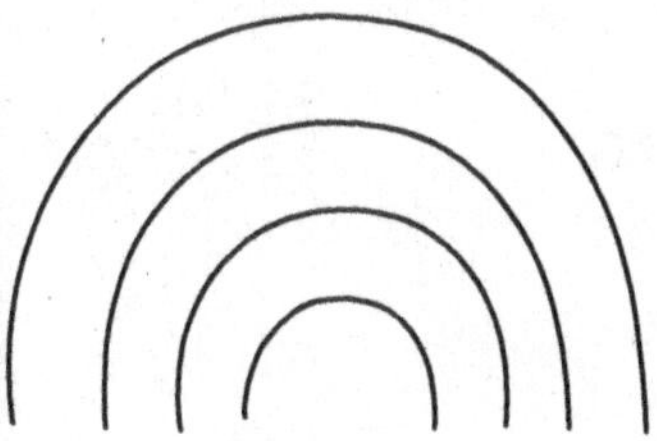

Wir lieben all das:
Zebras in Schwarz-Weiß.
Eine Quelle, mal kalt, mal heiß.
Wellen, groß und klein.
Steine, rau oder fein.
Einen Pol im Süden.
Einen im Norden.
Die heterogene Struktur von Korallen.
Wie in zwei Kulturen Welten und in der Natur unaufhörlich konträre Mächte zusammenprallen.

Die Natur – wir lieben sie in ihrer reichen Pracht und
ihrer unglaublichen Vielfalt.
So, wie sie ist.

Also sage mir:
Warum du nicht dich, wie du bist?

SELBST-VERGEBUNG

Habe gelogen,
betrogen,
falsche Träume und Menschen in meine konstruierte
Welt gezogen.
Habe krasse Fehler begangen,
in der Hoffnung, Erfolg und Anerkennung zu erlangen,
und dabei meine Seele am Strick erhängt.

Eigentlich gehofft, endlich anzukommen,
Liebe zu bekommen,
mich im Licht meines reinen, strahlenden Ichs zu sonnen.

Ich bin nicht stolz darauf, dieser Mensch gewesen zu sein,
mit wenig Sein und mehr Schein,
vielen Freunden, doch insgeheim allein.

Und doch bereue ich nichts
angesichts
des Unterrichts,
den ich mir gab,
Tag für Tag durch Selbstverrat
und das Gefühl, dass ich mich nicht mag.

Stark und autark? Nein. Es war hart.

Ich bereue nicht, Fehler gemacht zu haben.
Letztlich zaghaft zu wagen, große Steine aus dem Weg
zu tragen.
Mit noch größeren im Magen und der drückenden
Wahrheit am Kragen
zu sehen, wie die vielen falschen Yavis und mit ihnen
ihre Beziehungen langsam starben.
Lange zu pflegen sind die hässlichen Narben.

Alles ist gut, wie es war.
Denn mit jedem Jahr
und meinem Erfahrungsrepertoire
kam ich mir nah und sah klar:

Du warst bloß ein Kind,
das um Aufmerksamkeit ringt.
Verloren, verzweifelt, vor Schmerz fast blind.
Ich wusste: Du wusstest es nicht besser.
Wie ein verirrter Wal im seichten Gewässer.

Es ist, wie es ist.

Jetzt bin ich hier und möchte dir sagen:
Lass nicht zu, dass dich die Vergangenheit zerfrisst.
Sei jetzt und hier ein träumender Realist
und liebe/lebe aus, wer du (heute) wirklich bist.

AUF MICH

Ich gewann, als du schriest und ich nicht.
Ich gewann, als du fies bliebst und ich im Gleichgewicht.
Ich gewann, als du beleidigtest und ich schwieg.
Ich gewann, als du gingst und ich bei mir blieb.

Ich gewann, als ich den Kampf um deine Liebe beendete
und mir selbst die Liebe, die ich verdiene, spendete.

PLANLOS UND PERFEKT

Du planst dein Leben und der Plan entspricht einem perfekten Skript in deinem Kopf.

Doch besteht die Perfektion des Lebens nicht darin, dass es das nicht ist, sondern dass es meist andere Pläne für dich bereithält? Und die Kunst (frei) zu leben darin liegt, die Veränderungen als Chance auf Erkenntnis und Wachstum wahrzunehmen, anstatt die Einladung abzulehnen?

Und dann: Ob du mit dem Herzen oder dem Kopf auf die Pläne des Lebens antwortest und etwas tust, weil du musst, oder weil du willst und glaubst, dass du auch das tun kannst und darfst?

Und sag, wer gestaltet nun dein Leben?
Das Leben selbst oder du?

DAS BESTE

Du sitzt da und wartest, dass jemand kommt, der dir ein gutes Gefühl gibt. Dass etwas passiert, das dir versichert, dass du gut und wichtig bist. Dass du etwas siehst, das deinen Blick von dem ablenkt, was du nicht sehen willst. Du suchst im Außen und verlierst dich dabei komplett im Innen, weil du vielleicht (noch) nicht weißt, dass nur du dir ein wirklich gutes Gefühl geben kannst. Das Gefühl, dass du längst gut und wichtig bist – selbst wenn du nur so dasitzt – und dass du das Beste finden wirst, wenn du nur Ohren und Augen schließt.

HEY DU, BESONDERER MENSCH.

Ich bin so dankbar für dich. Unsere Begegnung hat Bedeutung für mich. Es war dämmrig und du warst Licht, das seitdem von allen Seiten durch meine Herzwände bricht, egal, ob ich bereit bin oder nicht. Du bist mir nicht nur wichtig, du bist mir heilig. Erstaunlich eigentlich: Sosehr es in mir tobt, du erscheinst und alles wird friedlich.

Am liebsten schaue ich dir beim Du-Sein zu, bin voller Bewunderung dafür, wie du bist und alles machst, wie du Komplexes angehst und vereinfachst, mich mit deiner Seele anlachst, ob du neben mir oder an einem fernen Fleck Erde aufwachst. Du bist die Welt. Mein Ernst, mein Spaß. Lucky me, dass ich zur richtigen Zeit am richtigen Ort saß – und meine Zukunft las.

Ich konnte uns sehen, Hand in Hand durch die Straßen und Täler und das Leben und Sterben gehen, küssend und kichernd in Seen und Museen stehen, alle Prüfungen des Lebens mal mit Leichtigkeit und mal mit Mühe bestehen, aber niemals ohne uns voneinander wegzudrehen.

Hey, besonderer Mensch. Wir kennen uns noch nicht, aber in Momenten der Stille und Sehnsucht sehe und fühle ich dich. Dann weiß ich: Vielleicht nicht heute, aber vielleicht morgen schon wirst du diese bedeutende Begegnung sein.

Bis dahin bleibe ich gern allein.

LIEBESBRIEF

Habe ich dir heute schon gesagt, wie froh ich bin, dass du dich kümmerst? Dass du dir die Zeit nimmst, um mit mir zu sprechen, ebenso zu schweigen, wenn es nicht um Worte geht, sondern um Gefühle? Dass du keine Angst hast, lieber allein zu bleiben als mit jemandem, der dich anders oder gar nicht in deiner Gänze und mit deinen Grenzen will? Dass du deinen Wert kennst und nicht zulässt, dass jemand ihn infrage stellt, weil er seinen eigenen nicht ehrt? Dass du nicht mehr versuchst, alles für jeden zu sein? Dass du gehst, wenn es Zeit ist, und dir im Bleiben und Betteln nicht selbst das Herz brichst? Dass du weißt, dass Liebe oft nicht ausreicht, um zu fixen, was nie kompatibel war? Und dass du erkannt hast, dass, wenn du festhalten, auch wieder loslassen kannst?

Und habe ich dir schon gesagt, wie stolz ich bin, dass du dich fragst, was du heute für andere tun kannst, weil du dadurch lernst, auch dir selbst zu helfen? Trotzdem erkennst, dass du nicht die Bündel anderer tragen musst und die Verantwortung ablegst, wenn sie dir zu schwer wird und deine Kräfte schwinden? Dass du dich ins Bett und in deine eigenen Hände legst, wenn du traurig oder müde bist, und Nein sagst, obwohl wieder irgendein wichtiger Termin in deinem vollen Kalender ist? Dass du dich tröstest, wenn etwas nicht klappt, anstatt dich für deine Fehler zu bestrafen? Dass du nicht aufgibst, obwohl du weißt, dass du in diesem Leben vielleicht nie fertig wirst? Dass du aufgehört hast zu träumen, wenn du gemerkt hast, dass du einen fremden Traum geträumt hast, und dich für neue Träume geöffnet hast? Dass du den Glauben an dich und das Universum nie verlierst, auch wenn gerade alles gegen göttliche Existenz spricht?

Dass dir bewusst ist, dass dir alles dient, auch das, was dir etwas zu nehmen scheint?

Habe ich dir heute schon gesagt, wie glücklich ich bin, dass ich DU bin und in dir wohnen darf?

SANFT SEIN

Manchmal sehe ich mich
und fühle so viel Mitgefühl
für all meine Bemühungen,
dieses Leben gut zu leben
und mich zu begreifen,
für meine Entscheidungen
zwischen gut für mich und schlecht für mich.
Polarisation und doch weder noch.
Überfordert mit der Forderung
an mich selbst,
alles zu verstehen.

Schier endlose Ungeduld
mit mir und
all der Härte, von außen
und innen.

Und es dringt kaum durch, ich sage es trotzdem und
immer wieder:
Sei gerade jetzt gut zu dir,
weich mit dir.
Suche und stelle dir all diese Fragen, aber erwarte keine
Antworten.
Du wirst sie womöglich sowieso nicht mögen,
aber sicher auch ohne klarkommen.

Es spielt keine Rolle, wie lange es dauert.
Das würde es aber, wenn du aufhörtest.

Und dann, für einen Moment,
bin ich okay.

DREH DIE LIEBE AUF

Lieb dich
so laut,
dass dein Gedankenmotor leise wird
und dein Kopf endlich deinem Herzen vertraut.

VERSTANDEN

Ich sehe dich
in meinen Augen,
in denen du da und greifbar bist,
obgleich auch vergangen.
Ich sehe dich, wie du sprichst
und wie du sagst:
»Geh nicht in die Ferne.
Denn was du suchst, ist dort nicht.«

Das Bild von dir verblasst.
Deine Stimme ist beruhigend laut:

»Bleib hier, bei dir.«

Doch

ich lief und ich irrte.
Es schmerzte.
Es lockte.
Es zerrte.
Zerstörte.

Bis
ich verstand
und diese Liebe dort fand,
wo sie immer war:

Genau hier.

Abgelegt die Gier
nach mehr, nach besser, nach weiter, nach schöner.

Die Augen ruhen.
Ruhig ist die Seele,
denn Schönheit ist dort, wo ich sie sehe:
Jetzt, hier

bei mir.

NACHHALTIG-
KEIT

Hätten wir in jeder Stunde, die wir mit dem Warten auf
(s)eine Antwort verschwendet haben, einen Baum
gepflanzt,
hätten wir die Zeit auf diesem Planeten sinnvoll genutzt.

Er wäre ein besserer Ort
und wir besser mit uns selbst.

DANKE, ...

dass du auf mich aufpasst,
mich lehrst
und nie allein lässt.
Dass du mir den Weg zeigst,
oft den harten für mich wählst,
aber immer ehrlich bist,
was mir manchmal zu schnell und radikal ist.
Aber ich sehe, wie du
für mich arbeitest
und emotionale Grenzen überschreitest.
Mich streng und hocheffizient,
doch grundsätzlich gütig
leitest.

Danke, dass du mir alles mitgegeben hast, damit ich
auch das überstehe
größer werde
klarer
strahlender
heller
reicher
besser

und nie den Glauben an mich verliere, und nie an die Liebe.

Danke, was und wo auch immer du bist.

SCHATZKISTE

Du suchst das Glück?
Dann schau zurück.

In die Zeit als Kind.
In die Welt, wo die Neugierde gewinnt.

An die Tage, als Fantasie regierte
und nichts im Außen deine Instinkte besiegte.

Erinnere dich an das, was dir Freude brachte
und aus Kleinstem Großes machte.

Schlummernde Talente.
Unbekümmerte Momente.

Beachte,
dass du all das kannst zum Leben erwecken,
das mutige, lebensfrohe Kind in dir entdecken.

Tauche ein
in die Welt vom ungehetzten Sein.

Und nein,
was du liebtest, ist nicht weg.
Es hat sich nur unter Scham und Ängsten anderer
versteckt.

Trau dich, in der Schatzkiste deines Lebens zu graben
und dich zu fragen:

Was ließ mich damals alles um mich herum vergessen?
Was waren meine wahren Interessen?
Schau zurück und erinnere dich
und du findest dein pures, freies Ich.

KONKURRENZ-LOS

In einer Welt, in der du alles sein kannst, sei eine Blume. Bevor die Welt sie in ihrer Pracht sieht, wächst sie unbemerkt in Dunkelheit und Dreck, wächst weiter, wenn es windet und regnet, heilt, wenn etwas in ihr bricht, streckt sich zur Sonne, immerzu, und wenn sie blüht, dann in Schatten und in Licht. Unbekümmert, was die anderen Blumen tun oder sind, ob schöner oder größer – es ist irrelevant.

Sie IST einfach.

Subtil schön und verletzlich in ihrer selbstverständlichen Einzigartigkeit.

EINER DIESER ERSTEN TAGE

Weißt du noch, der erste Tag?
Der erste, an dem
keine Tränen mehr kamen.
An dem wir Konturen von Licht und Schatten wahrnahmen,
keine Schmerztabletten mehr nahmen
und abseits aller Dramen
wieder etwas unternahmen.

Es war, als wäre alles wieder da,
lange unsichtbar, aber klar, immer nah:
Jeder Mensch, mit allen Glücksfalten und Sorgen.
Überall reale Chancen auf ein (besseres) Morgen.
Die Düfte der Stadt und gute Nachrichten im Tagesblatt.
Farbenpracht selbst in pechschwarzer Nacht.
Der Mond, wie er auch bei Tag über deine Energie wacht
und wie unter seiner Führung Welle um Welle kraftvoll
gegen kräftige Felsen kracht.
Und kleine Kinder, wie sie laut träumen und lachen
und uns Lust auf verrückte Sachen und noch mehr Liebe
machen.
Alles lebt, schwebt, bebt unentwegt, auch dann, wenn
sich auf deine Augen ein Schleier legt und sich gefühlt
nichts mehr in dir regt.

Vielleicht ist er nicht heute, dieser erste Tag,
aber glaub mir, dass deine Seele das Leben mag,
und wenn es so weit ist,
den Schmerz vergisst
und du, plötzlich wie Platzregen,
wieder mitten in diesem wunderbar wundersamen Leben
bist.

BEWEIS ES DIR

Woher willst du wissen, wie weit du kommen kannst, wenn du nicht mal den ersten Schritt gehst?

Wieso glaubst du, dass du es nicht kannst, wenn du es gar nicht erst versuchst?

Warum denkst du, dass du nicht gut genug bist, wenn dir dafür noch nicht mal ein Beweis einfällt?

Ist es wirklich so schlimm oder hast du bloß noch nicht die Lösung gefunden? (Vielleicht, weil du immer nur in eine Richtung rennst und vielleicht ein bisschen zu schnell?)

Wieso hast du Angst, wenn du gar nicht weißt, was tatsächlich passieren wird?

Wann ist das schlimmste Worst-Case-Szenario aus deiner Imagination wahr geworden und wie denkst du heute darüber?

Wie oft hast du festgestellt, dass du stärker bist, als du dachtest? Und wie oft hat eine Krise diese Stärke offenbart?

Wem solltest du zuhören: den Menschen, die an dir zweifeln, oder dir, weil du es trotz deiner Zweifel wirklich machen möchtest?

Wie kannst du über dich selbst urteilen, wenn du deine gesamte Geschichte noch gar nicht kennst?

Und schließlich: Hast du jemals wirklich bereut, selbst den größten Scheiß gemacht zu haben, oder hast du bereut, etwas nicht getan zu haben?

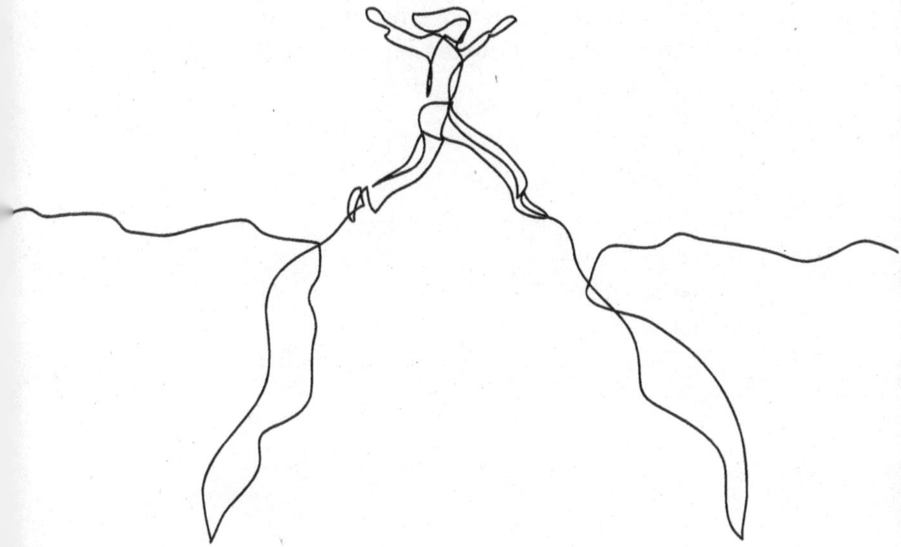

W

Es ist an der Zeit, ...

um
uns wahrhaft zu erkennen,
mit allem, was uns Natur und Vorfahren mitgaben
und was wir heute wie eine Schatztruhe in Körper und
Seele tragen.

Um
all unsere Superkräfte
frei von allen Zweifeln und Zweiflern
anzunehmen.

Um
gemeinsam aufzustehen,
in der donnernden Bewegung nach mehr Power zu
streben,
im Chor unsere Stimmen zu erheben,
trotzdem nicht zu versäumen, auch im Singular sichtbar
zu werden

und so
kleine und große Kriege
im Außen und Innen zu überleben,
um so
der heutigen Welt
im Außen und Innen
mehr Frieden und Tiefe (zurück) zu geben.

Wir sind w wie

warm(herzig)
wissend
weich
wertvoll
weitsichtig
weise
widerstandsfähig
weltoffen
wild
wahnsinnig
wachsam
willensstark

Wir sind w wie WICHTIG, weil

wir sanftmütig, doch mächtig sind,
zart, aber stark.
Wir verbinden, wir heilen, wir erschaffen, wir verteilen.

Mehr Liebe und Leben,
als wir uns oft selbst geben,
weil wir so sehr
nach Bindungen und bedeutenden Beziehungen streben.

Und genau das
macht uns w wie wunderbar.
Und auch dich, du großartige Frau, startklar
für deine Mission in dieser Welt.

Wenn ich
als klitzekleine Frau
mit kranken Wurzeln in Krakau und Warschau,
anfangs ohne Geld und Rückenwind,
und übersät mit frischen Wunden und alten Narben,
heute gesehen und gehört werden kann,
kannst es auch du,
dann zählst auch du.

Du bist jetzt dran.

Es ist deine Zeit.
Es ist höchste Zeit.

ER-KENNTNIS

Mein längster Umweg
warst du.
Doch dank dem weiß ich nun,
was ich will, was ich tu und wozu.

Und partout
bist du und alles, wofür du stehst,
für mein »richtig« ein Tabu.

GARTEN DER HOFFNUNG

Ich hoffe auf Augenblicke wie diese:
Wir, in der Krise, pflanzen eine Blumenwiese.

Ich hoffe
auf zusammen und gemeinsam laut sein,
auf Lachen mit Lieblingsmenschen und Lippenstiften,
auf lange Nächte in stickigen Bars und Toilettenschlangen,
auf uneingeschränkte Umarmungen,
auf spontane Küsse,
auf Berührungen, die verbinden, trösten, kitzeln, kribbeln,
auf bunte Büfetts, von denen wir alle essen,
auf Freiheit von Kopf und Körper.

Ich hoffe, dass wir nie aufhören zu hoffen, weil alles
besser ist, wenn wir Hoffnung säen.

Und auf den Moment, wenn wir uns erleichtert
anlachen, weil aus Samen Blumen erblühen

und das Warten endlich vorbei ist.

IN SONNIGEN WIE IN SCHWARZEN ZEITEN

Kennst du diesen einen Menschen,
mit dem du lieber für immer im Regen stehen würdest,
als immer, aber allein
im Sonnschein?

Das nächste Mal, wenn es regnet,
weißt du wieder, dir ist großes Glück begegnet.

Denn es ist keine Kunst, gemeinsam durch gute Zeiten zu gehen. Die Kunst ist, gemeinsam auch unter schwarzen Wolken zu stehen und trotzdem Sonne zu sehen.

JETZT UND HIER

Ich bin froh, dass wir uns nicht früher begegnet sind. Denn uns bleibt der Zauber, über alten Schmerz zu sprechen, ihn aber nicht mehr als eigenen zu fühlen. Umso mehr einander, weil wir uns selbst viel näher sind, als wir es früher waren.

WILDBLUME

Jede Frau freut sich über Blumen.
Doch erst wenn du sie wie eine Blume behandelst,
blüht sie auf.

Sei ihr Regen und nähre sie mit
deiner verlässlichen Präsenz.
deiner ungefilterten Nähe.
deiner Aufrichtigkeit.
deiner Hingabe.
deiner Wertschätzung.
deiner Unterstützung.
deinem echten Interesse.
deiner Gewissheit.
deiner Beständigkeit.
deinem Glauben an sie.
deiner Loyalität.
deinem Respekt.
deiner emotionalen Intelligenz.
deiner ungeteilten Aufmerksamkeit.
deiner Zeit.

Regne
nur ab und zu.
Und sei unbesorgt,
eine wilde Blume braucht nicht viel Wasser,
denn wird der Boden regelmäßig mit Leben und Liebe
getränkt,
braucht sie ihn nicht noch nasser.

SOMMER IM WINTER

Es war dein Lachen,
das im März Juligefühle erzeugte,
mich ausleuchtete
und davon überzeugte,
aus dem Winterschlaf zu erwachen und ab sofort
alle Nächte durchzumachen.

DIE GESCHICHTE VON DER ANGST UND VON DER LIEBE IST DIESELBE

Ich schreibe das und finde zwischen den Zeilen
eine Angst
und in der nächsten Zeile,
dass auch du bangst.

Und ich betrachte die Satzteile.
Die Angst ist schwer,
aber bei genauerem Hinsehen eigentlich
so inhaltsleer.

Komm her,
ich will weitere Zeilen über dich und mich.

Und ich weiß, wir sind ängstlich,
aber wären wir nicht dämlich,
diese Geschichte nicht weiterzuschreiben,
um diese sinnlosen Ängste zu vertreiben
und
um uns von uns zu überzeugen
und
davon, dass wir mit jeder Zeile entscheiden,
ob wir der Liebe vertrauen oder sie leugnen?

VOGEL-PERSPEKTIVE

Good news: Hinterher ist man immer schlauer. Hinterher kann man immer darüber lachen. Meist auch über sich selbst. Ich, wenn ich dachte:

- Dieses Buch zu schreiben sei einfach.
- Mein inneres Kind sei vollständig geheilt und zufrieden.
- Liebe würde immer reichen.
- DAS, jetzt gerade, sei das Schlimmste ever.
- Ich könne jedem helfen, jeden retten.
- Ich müsste mich immer nur noch mehr anstrengen.
- Bei allem.
- Jeder Mensch meine es grundsätzlich immer gut
- (mit mir).
- Mehr Glück ginge nicht.
- Ich würde mir nie wieder selbst etwas vormachen.
- Ich würde beim Vortrag auf der Bühne tot umfallen.
- Meine innere Stimme wüsste es auch nicht besser.
- Wie ich bin, was ich kann, sei nicht genug.
- For whatever.
- Der Schmerz würde mich umbringen.
- Ich würde nie Mutter werden
- Es müsse alles schnell gehen.
- Niemand würde mich lieben, wenn ich meine Wahrheit sage.

Hinterher ist heute und heute sehe ich die ehemals enge und dunkle Sackgasse aus der Vogelperspektive. Damals steckte ich drin, mit dem Gesicht zur Wand, und war überzeugt, dass das, was ich sah, meine komplette und einzige Realität war. Dinge haben sich geändert. ICH habe mich geändert, weiterentwickelt, neue Erfahrungen gemacht – nämlich die, dass da immer noch so viel mehr ist als das, was wir in dem Augenblick, in genau DIESEM, sehen. Neue Wege, neue Orte, neue Menschen, neue Jobs, neue Projekte, neue Wahrnehmungen, neue (Glücks-)Momente, neue Sorgen, neuer Shit, neue Lösungen.

Wenn du das »Mehr« gerade nicht sehen kannst und glaubst, nichts würde sich ändern, alles bliebe so (scheiße oder so perfekt), wie es ist, dann erinnere dich an all die Probleme wie auch an deine Ziele und Wünsche, die heute nicht mehr Teil deiner Welt sind. Und entscheide dich für neue Entscheidungen, bisschen Hoffnung und vor allem Wachstum, denn du bist nie fertig.

UNFERTIG

Ich stehe vor dem Spiegel, sehe mich.
Falten und Pickel und Dreck im Gesicht.
Auf meinem Shirt ein Kaffeefleck, wie immer.
Auf der Hose Farbe vom Streichen meiner leeren Zimmer.
All das erzählt meine Geschichte, all das macht mich.
Innen und außen dreckig,
faltig, pickelig,
auf ewig unfertig
und trotzdem – oder gerade deshalb? – glücklich.

Ich lächle mich an, denn was ich sehe, bin wirklich ich.

WUNDER

Vertrau nicht darauf,
dass es nur Leid und Zeit braucht,
damit geht, was zwischen dir und der Befreiung steht.
Nimm einen Atemzug voll Mut,
fühle dein Herzblut,
um dich nicht dem Nichts in dir zu ergeben
und deinem Leben
auch im Erbeben
eine Hand zum Halten zu geben.

Halt inne und dich an dem Lichtstrahl fest,
der sich am Morgen durch dein Rollo presst,
an dem Kaffeeduft in der Luft, der unaufdringlich nach
deiner nächsten Entscheidung ruft,
an deiner Fähigkeit, zu lachen und aus einem Gedanken
Tatsachen zu machen,
und aus kleinsten Teilchen eine gewaltige Kettenreaktion
zu verursachen.

Du musst erwachen und jetzt gleich ein kleines Feuer
der Begeisterung entfachen,
wenn nicht für das, was gerade um dich herum ist, dann
für das unglaubliche Wunder, das du bist.

3 FRAGEN, DIE DIR HELFEN KÖNNEN, GLÜCKLICH(ER) ZU WERDEN

1. Fühlt sich der Ort, an dem ich bin,
   wirklich richtig für mich an
   oder bin ich nur aus Angst vor
   Veränderungen immer noch hier?
2. Kann ich dankbar sein für alles,
   was jetzt ist und ich bin,
   oder bin ich in Gedanken immer
   woanders und bei anderen?
3. Gebe/tue ich, was ich selbst
   bekommen/erfahren möchte,
   oder erwarte ich, dass mich jemand oder
   etwas anderes glücklich macht?

GARTENSTÜHLE, GRAUBURGUNDER UND GESPRÄCHE

Wenn ich nicht weiß, warum,
reicht ein Abend mit Menschen, die ich liebe,
für ein erstes »Darum«.

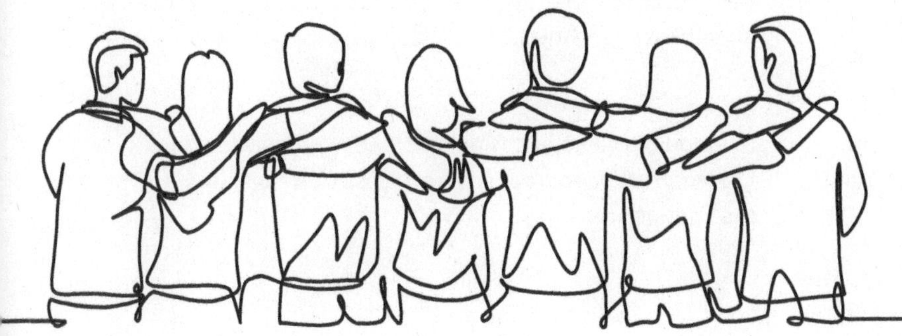

UNBEEINFLUSST

Gestern saß ich hier,
verbrachte Stunden in meinem Kopf
und die Sonne war schwarz.

Heute wieder da, wo ich gestern saß,
und alles wurde hell,
nachdem ich deine Nachricht und meine Gefühle las.

Die Welt exakt, wie sie war.
Heute wie gestern keine reale Gefahr.

Und doch gefühlt alles erreichbar,
was gestern so fern lag.

Einfach so ein guter Tag.

Und ich schreibe auf, um es nicht mehr zu vergessen:
Ich höre jetzt auf, mich mit der Zeit zu messen.
Höre auf, mich wegen dir und mir und uns zu stressen.
Besessen von Optimierungsprozessen meine Gefühle
mit Frust statt Genuss zu essen. Fuck-up nur noch zu
angemessenen Anlässen. Stattdessen:

Sitzen.
In Geduld. Mir selbst. Mehr fühlend, weniger denkend.
Unbeleg- aber spürbar wissend, dass sich fügt, was zu-
sammengehört.

PARTY

Die Welt ist kein VIP-Club.

Du musst nicht Schlange stehen, um reinzukommen.
Keine Outfits anziehen, die dir nicht passen, damit du willkommen bist.
Keine Türsteher mit deinem Äußeren erweichen.
Nicht tanzen, wenn du eigentlich liegen willst.
Und dich nicht in einen stickigen Raum quetschen,
der für dich viel zu klein ist
und voller Menschen, die dir auf den Leib rücken, aber eigentlich Welten von dir entfernt sind.

Dein Leben ist deine Party.

Und deine Entscheidung,
wie du sie feierst,
wo
und mit wem.

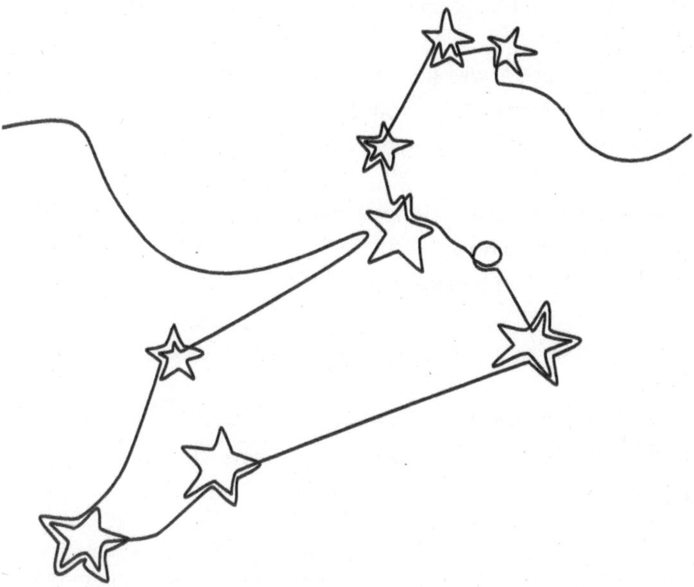

(KEIN) KÄFIG-VOGEL

Lass sie aus der Tür gehen,
ohne in ihrer Abwendung Ablehnung zu sehen.

Lass sie fliegen,
ihren Mut über deine Sorge siegen.

Lass sie ihre Visionen leben,
deine eigene Angst nicht im Weg ihres Aufstiegs stehen.

Lass sie ihre Worte der Wahrheit sagen,
ohne über ihre Inhalte zu klagen.

Lass sie dir geben, was sie kann,
und gib du ihr einen Safe Space,
erwartungs- und bedingungslos, von Anfang an.

Lass dich vertrauensvoll in sie hineinfallen,
um schließlich zu hören,
wie Töne der Dankbarkeit zurückhallen.

Denn darf sie sich selbst aus vollem Herzen lieben und entfalten,
wirst du aus ihrem nie vertrieben
und in der gleichen hingebungsvollen Liebe von ihr gehalten.

UNANGEPASST

Passe in kein Raster und ecke oft an.
Liebe mich mehr als jeden Mann.
Bin im Reinen mit mir selbst und mit dem, was ich tu,
er muss dir nicht passen – Hauptsache, mir passt mein
Schuh.

SELBST-
ERHALTUNG

Ich fühle, dass dir das Leben wehtut, fühle deine Wut
und ich weiß, auch in deinem Leben ist nicht alles gut.

Aber wenn du kannst, dann umarme deine Angst.
Umarme deine Realität, denn für Einfluss auf deine
eigene kleine Welt ist es

nie nie nie

zu spät.

Umarme dich für deine Fähigkeit, dich so gut du kannst
zu lieben,

und dafür, dich mit den Armen deiner Seele in jedem
Moment der Unsicherheit selbst in friedlicher Sanftmut
zu wiegen.

Für die Welt bist du ein Fliegengewicht, aber in dir
leuchtet ein Licht für dich,

und egal, was da draußen ist, bitte dimme es nicht.

HAUPTGEWINN

Halte dich an diejenigen, die rangehen, wenn du anrufst. An die, die anrufen, um kurz zu fragen, wie es dir geht, und dann wirklich zuhören, heraushören, dass nichts okay ist, ohne dass du etwas sagst. Und dann sagen, dass es okay ist, nicht okay, aber du selbst zu sein, dich ehren, verstehen, ernst nehmen – selbst mit den kleinsten Sorgen –, dir Sicherheit geben und versichern, dass es weitergeht. An die, die dir dabei helfen, dich an dich selbst zu erinnern, und die auch dann bleiben, wenn du weit weg (von dir selbst) bist, wenn du weinst, wütest, wenn es unangenehm wird, weil sie mit dir nicht nur zur Kirmes, sondern auch durch Krisen gehen wollen. An die, die sich für dein Alles freuen, wenn sie gerade gar nichts haben, aber nichts sagen und verlangen, wenn du Zeit für dich brauchst.

GESCHICHTE(N) SCHREIBEN

Ich schreibe, weil Papier der einzige Spiegel ist, in dem ich mich sehe, wie ich wirklich bin.

Ich schreibe, weil Papier der einzige Ort ist, an dem ich ungehalten und unaufgehalten meinen (Wahn-)Sinn vollbringe.

Ich schreibe, weil Papier mir sagt, wohin.

Und ich dort und daraufhin
von Worten geführt alle(s) in mir
zum Hinsehen und Handeln zwing:
Die Architektin
Die Therapeutin
Die Botschafterin
Die Freundin
Die Künstlerin
Die Tänzerin
Die Spielerin
Die Visionärin
Die Unternehmerin
Die Beraterin
Die Träumerin
Die Königin
Den Schmetterling

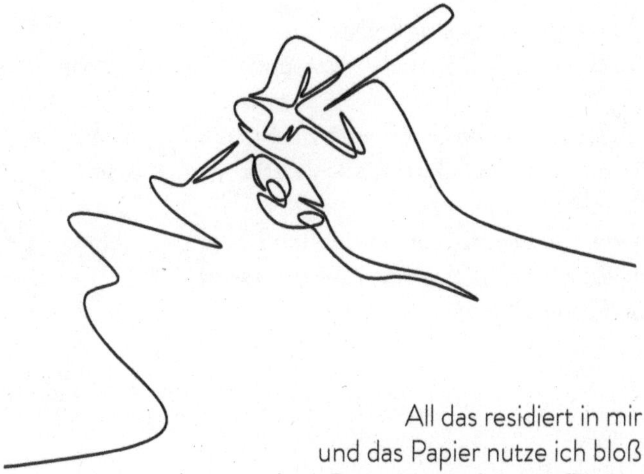

All das residiert in mir
und das Papier nutze ich bloß
als mein ohne Grenzen geschütztes Revier,
an dem ich mich in Neugier mit
all meinen Anteilen ausprobier'
und dann – wenn ich will und durch Worte fühle – weiß,
wer ich wirklich bin, dadurch jeden Tag etwas gewinne
und am Ende des Tages
als Autorin meine Lebensgeschichte zu Ende bringe.

A LOVE STORY

Du warst mein bester Fehler.
Du gingst, als du noch da warst, und ich kam mir näher.

Ich litt sehr, doch der Schmerz nahm den Nebel mit.
Ja, du warst ein Fehltritt, aber letztlich nur ein kleiner
Abschnitt
in der Geschichte von der großen Liebe,
in der ich mir selbst ohne Nebel begegne
und dadurch siege.

SELBST GEMACHT

Was im Leben wirklich schwer ist:

Einen Nobelpreis zu kriegen.
Zum Mars zu fliegen.
Sich in den richtigen Menschen zu verlieben.

Hat es alles schon gegeben, also lass den Glauben daran
weiterhin an deinem Herzen kleben und beobachte,
wie sich dank deiner Glaubenskraft die größten Wunder
ergeben.

ZURÜCK, GEBLIEBEN

Ich sehe dich alleine dasitzen.
Deinen kleinen Körper, die großen Augen.
Wie sie traurig auf deinen Händen ruhen, als würden sie
darauf warten, dass sie etwas tun, endlich taugen.
Ein Haufen Hilflosigkeit.
Im eigenen Mikrokosmos verloren gegangen
und zu jung, um zurückzufinden.

Ich setze mich neben dich, berühre dein feines blondes Haar
und sage: »Ich bin da.«
Deine Stimme schweigt, deine Haut schreit
nach Balsam für Wunden und gegen Einsamkeit.

Ich lege mich um dich wie ein Verband,
halte dein Herz und deine Hand.
Und verspreche Trost, Antworten, Beistand,
dich nicht zu verlassen und deine Rufe nicht zu verpassen,
damit endlich all deine Narben und Ängste verblassen.

Es tut mir leid, liebes Kind, ich war blind.
Konnte nicht sehen, dass wir eins sind.
Und rennen und rennen, immer bereit, uns für die Liebe
zu verbrennen, dabei wollen von können nicht trennen
und es Hingabe nennen.

So lange haben wir da draußen unser Bestes gegeben,
doch jetzt ist es Zeit, uns zuerst einander im Innen zu
begegnen und uns mit all unseren Besonderheiten,
Bürden und Bedürfnissen zu erleben, damit wir uns end-
gültig aus der sehnsüchtigen Hilflosigkeit erheben und
nach echter Liebe streben.

Die, die du und ich in der Gänze ergeben.

NIE ALLEIN

Wenn du eines Tages einsam und ängstlich bist,
dann habe ich die Idee, dass du genau dann
an die Luft trittst,
tief einatmest, innehältst und einen Moment wartest,
bis ich in dich eingezogen bin.
Wie eine neue Mitbewohnerin, treu wie Tonic dem Gin,
geht tief, sonst nirgends hin.
Schwachsinn?

Überleg doch mal.
Irgendwo in der Welt stehe auch ich,
atme deine Luft,
und du glaubst, dass das, was reingeht,
irgendwo irgendwie verpufft?
Nein, wir sind nie allein.
Du bist mein, ich bin dein.

Vereint durch Energie, Luftmoleküle
und kollektives Sein.

4
ICH BIN ERDE

ICH BIN ERDE

Warm, reich, haltend, gebend, empfangend. In mir alle Geschichten und Geheimnisse dieser Welt, stets bereit, neue aufzunehmen, Bauenden und Suchenden ein Fundament zu geben, nichts und niemanden abzulehnen, um Leben und Liebe maximal auszudehnen.

Meinen Sinn fühle ich im Zusammensein, mag jeden Baum, jeden Stein, lass es auf mich regnen, lass es schneien. Du siehst mich manchmal wüst und schmutzig, schaust du aber in meine Tiefen, bin ich rein.

Die Welt ist mein, für mein So-Sein meist zu klein. Will im gesamten Universum dein Zentrum und dein Zuhause sein. Also öffne ich all mein Türen und ziehe dich und alles, was du mitbringst, hinein.

Ich liebe mich im Wir.

Bin zufrieden mit dem, wie alles ist, auch wenn es bedeutet, dass mein Kern im Kümmern um andere sich manchmal selbst vergisst.

Ich passe auf, und tu das bitte auch du,
damit ich auch mich versorge und wärme – ab und zu.

SELBSTWERT-
SCHIRM

Wenn es Worte regnet,
die mich wegzuspülen drohen, dann öffne ich meinen
Schirm und lasse sie daran abprallen wie Tropfen, die ich
zwar höre, aber nicht am Körper spüre.

Ich kann das Toben (in) der Welt nicht verhindern. Dass
es zu mir durchdringt, aber schon. Also schirme ich mich
ab, indem ich Schutz und Rückzug suche, und niemals,
indem ich den Regen bekämpfe, denn er wird sowieso
immer wiederkommen.

Und je stärker ich an meinem Schirm festhalte und
mich unter ihm um mein Wohl bemühe, desto weniger
Zeit habe ich für den Ärger über Naturgewalten

und bleibe ganz.

EIN SPALT REICHT

Du musst nicht bereit sein.

Nicht für die Liebe.
Nicht für den nächsten Step.
Nicht für diesen Tag
– und nicht für das Neue, was er vielleicht mit sich bringt.

Es reicht, wenn du offen bist. Und neugierig und vertrauensvoll empfängst, was das Leben dir schenken will, auch wenn du es nicht geplant hast.

Es hat einen Grund, also dreh dich nicht weg, bevor du weißt, welcher Plan zu dir passt.

HEILIGES LAND

Stell dir vor, es gibt einen Ort, an dem
der Regen warm ist.
Das Wasser seicht.
Der Wind leise.
Die Steine leicht.
Der Boden immergrün.
Dein Herz weich.
Und den nur du kennst.
Den Ort, den niemand je besuchen wird,
weil nur du hinter deine verschlossenen Augen schauen
kannst.

Dein heiliges Land.

D U

Hi, ich weiß nicht, wieso genau du, aber
dein Dasein ist mir wichtig.
Deine Gefühle sind mir wichtig.
Deine Meinung ist mir wichtig.
Deine Freiheit ist mir wichtig.
Deine Geschichte ist mir wichtig.
Deine Zukunft ist mir wichtig.
Und dass ich mit meiner Stimme eine Rolle spiele,
selbst wenn sie nur eine kleine oder zitternde ist, weil
es so schwer ist, die richtigen Worte zu finden, und so
leicht, für die vermeintlich falschen verurteilt zu werden.

Ich bin nicht du, aber ich bin da.
Ich bin nicht fehlerfrei, aber entschlossen, im Fallen
Flügel zu öffnen und Fehler für neue Flure zu nutzen.

Ich bin nicht allwissend, aber ich weiß, dass ich jetzt hier
mit dir bin und will, dass andere durch mich sehen, was
meine Augen mit deinen Augen sehen, und sie in deinen
Augen sehen, wie du gesehen werden willst.

GALERIE DER GEFÜHLE

Du bist wie ein Museum voller Bilder. Jedes davon steht für ein Gefühl – für eins, das du magst, oder auch für eins, das du nicht magst. Kunstwerke sind Ausdrücke der Seele und müssen nicht gemocht werden. Nicht schön sein. Nur gesehen werden.

Vergiss also nicht, dein Museum täglich zu besuchen.
Und jedes Mal, wenn du es tust, zu entscheiden, auf
welches Bild du an diesem Tag zugehst,
vor welchem Bild du stehen bleibst
und von welchem du dich
(an diesem Tag)
abwendest.

MISSVERHÄLT-
NISSE

Es heißt, wir müssen kommunizieren,
um ein Kollektiv zu kultivieren.
Ich aber wünsche uns Gefühlsübertragung,
damit wir einander begreifen können, ohne zu sprechen,
weil Worte auf Wanderung
einfache Dinge oft kompliziert machen.

FÜRS LEBEN

Du bist mit mir länger befreundet, als ich mit mir selbst.
Weißt alles und trotzdem
hältst
du beständig an mir fest.

Du sorgst für mich, wenn ich es versäume.
Erinnerst mich an mich,
meine gebrochenen Versprechen
und vergessenen Träume.

Du findest und gibst mir Worte, die ich suche,
um Unbegreifliches zu verstehen,
dem Unerklärlichen auf den Grund zu gehen
und darüber nachdenken und schreiben zu können –
zum Beispiel jetzt gerade, in diesem Buch.

Du gehst in mich und nicht mehr raus,
egal, was du findest,
du bist einfach da.
Und ich bin so dankbar, dass du unsere Lebenslinien
mit deinem Glauben an unsere Verbindung
miteinander verbindest,
ohne dich mir jemals zu entziehen.

Ich wünsche jedem Menschen einen Menschen wie dich:
beständig, aufrichtig, menschlich
und auf ewig
unentbehrlich.

WOLKE LIEBEN

Du möchtest Glück, Frieden und wahre (Selbst-)Liebe
erleben?
Warum hast du dann aufgehört, Liebe zu geben?
Nicht gelernt, zu vergeben?
Und nicht aufgehört, dich über Bullshit aufzuregen?
Vergessen, deine Gedanken mit Dankbarkeit zu beleben?
Das Leben in all seinen Facetten zu leben?
Nach Sinn zu streben?
Deine Stimme für Ehrlichkeit, Gerechtigkeit und Toleranz
zu erheben?
Rechtzeitig nachzugeben?
Und versäumt, immer zuerst vor deiner eigenen Haustür
zu fegen?
Angefangen, dich mit den falschen Menschen
zu umgeben?
Anstatt die richtigen mit deiner Einzigartigkeit zu bewegen?
Dich regelmäßig mit ihnen für ein ungestörtes Gespräch
zu verabreden?
Und mit ihnen über wirklich wichtige Dinge zu reden?
Echte Beziehungen anstatt die digitalen
(für dein Online-Image) zu pflegen?
Mit käuflichen Dingen anzugeben und
dich mit Fake-Statussymbolen zu
bekleben?
Anstatt den Reichtum deiner
eigenen Biografie und den
Kern deiner Seele offenzulegen?

Du bist vielleicht auf Irrwegen, für
die Welt aber ein Segen. Also solltest
du loslegen und wieder anfangen,
auf Wolke Lieben zu schweben.
Des (Seelen-)Friedens wegen.

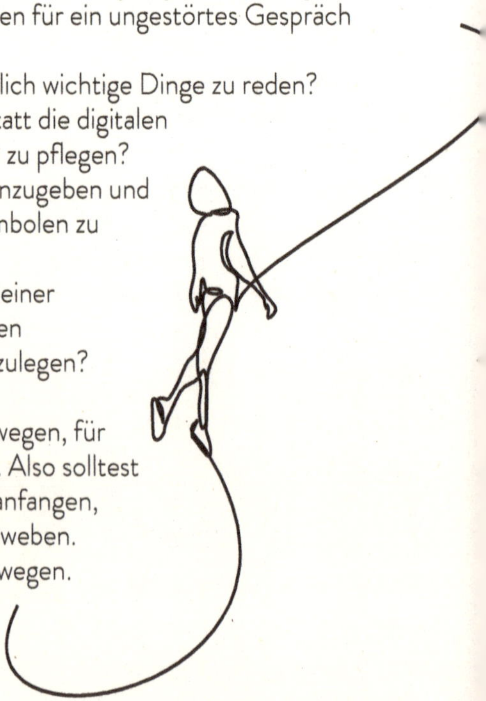

UNSERE ZEIT

Nie alles richtig gemacht. Nie aufgehört zu versuchen, es besser zu machen. Nie angekommen. Nie gezweifelt. Nie nur gelacht. Nie versäumt zu sagen: Unsere Zeit kommt wieder. Und da ist sie. Wir sind. Wir.

RISIKOMENSCH

Du sagst, ich sei so gut darin, neue Menschen »einfach so« in mein Leben zu lassen.
Doch weißt du, ich halte nichts davon,
besondere Menschen zu verpassen,
nur weil irgendwann mal jemand sagte, lieben wäre gefährlicher als hassen.

Einmal verletzt, zweimal mehr geliebt.
Einmal ersetzt, zweimal heftiger verliebt.

Ein böses Wort, zwei gute gesagt.
Ein Korb, zwei vollgemacht.

Oft gedacht:
Fuck, tut weh.
Doch schau,
nichts davon hat mich umgebracht.

Und deswegen:
Solange ich lebe, werde ich ein offenes Herz tragen
und für noch mehr besondere Begegnungen
immerzu neue Verluste wagen.

ICH FÜHLE DICH

»Ich sehe dich« sagt nicht: Ich weiß, was du fühlst und
dich bricht.
Wie könnte es, wenn ich nie gesehen habe,
was du gesehen hast?
Es ist bloß mein Versuch zu sagen:
Ich sehe dich in deinem Versuch, in dem Leben, wie es
gerade ist, zu bestehen,
und meine Bereitschaft ist der Versuch,
dir zu zeigen, dass ich

hier bin
zuschaue
zuhöre
hinfühle
lerne

und versuche, deine Gefühlswelt zu betreten,
damit ich mit dir gemeinsam stärker hindurchgehen und
mit deiner Hilfe herausfinden kann, welche Worte und
Taten die richtigen sind,

damit sie deine Narben glätten, nicht aufreißen,
keine neuen bilden.

Gandhi sagte: »Mit Sanftheit bewegst du die Welt.«
Möge meine deine bewegen
und die meiner Kinder, damit sie wissen,
wie man mit allen Sinnen liebt.

MUTTER-TOCHTER

Ich bin ein Teil von dir.

Du, mein Zuhause und Lebenselixier, für immer ehre ich dich dafür.

Ein kleiner Teil bleibt, ein großer ist herausgewachsen, und dieser gehört nur mir.

Danke, Mama, dass du da bist,
und ich hier.

ROUTINE

Immer wenn es regnet,
suche ich den Horizont nach Hoffnung ab,
denn mit sanfter Stimme spricht sie zu mir und sagt:
»Morgen ist ein neuer Tag
und der Regen endet bald.«

Wann werde ich begreifen, dass das Einzige, woran ich
mich festhalten sollte, ich selbst bin?

LEBENSLANG

Es ist nicht vorbei.
Es ist für immer.
Für immer in meinen Träumen.
Für immer in den Bäumen.
Für immer in allen Räumen.
Für immer werde ich leugnen,
dass es dich nicht mehr gibt.
Und nie zu sagen versäumen,
dass alles in mir dich für immer liebt.

DER SCHLÜSSEL

Du willst Harmonie, Freude und Liebe.
Deine Wut und Unzufriedenheit jedoch verteilen
stillen Hass und Hiebe.

Ein Irrtum zu denken, sie würden mit der Liebe und
Aufmerksamkeit eines anderen weggehen.
Du hast verpasst zu verstehen, wie sehr wir uns im Kreis
drehen,
wenn wir darauf warten, gerettet zu werden,
und beim Warten innerlich sterben.

Was hältst du davon, wenn du jetzt alles hinter dir lässt,
was scheiße war,
Augen und Herz öffnest und erkennst: Alles ist da.

Alles, was du brauchst, um für einen winzigen Moment
Harmonie, Freude und Liebe zu erfahren,
um abzulegen all die Angst vor potenziellen Gefahren.

Der Schlüssel sind deine Gedanken,
die größte aller Schranken.

Mach sie auf und lass alles Gute hinein,
lass es deine tägliche Seelenhygiene sein.
Und das Leben, wie du es dir wünschst, wird dein.

DAS, WAS BLIEB

Ich habe sie erlebt:
die Liebe, die aus dem Nichts hereinplatzt
und plötzlich
alles besser macht,
die ungefragt Tag und Nacht über mir wacht,
mit mir weint, für mich lacht
und selbst eine Liebe zu Ungeliebtem entfacht.

So oft gedacht:
Welche universellen Kräfte haben mir dieses Geschenk
gebracht?

Berührungen
wie warmer Regen auf nackter Haut.
Worte
wie leuchtende Blumen zwischen Unkraut.
Vibration
bis zum Knock-out
aller inneren Wächter,
jeder Skepsis
und vehementer Abwehr.

So viel mehr.
Mehr als jemals bisher.

Wie Wiederkehr
zu mir und meinem Kern.
Und doch Transformation, von extern nach intern.
Wachstum ohne Größenwahn,
hart und doch zart wie Porzellan.

Es ist uns aus den Händen gerutscht und zerbrochen,
jedoch ohne die Erinnerung daran zu zerstören,
wie es sich anfühlte, wenn wir es in den Händen hielten.

Und was wir damit für unser
restliches Leben erzielten:
erkennen zu können, für wen wir nochmals
einen Bruch riskieren würden.

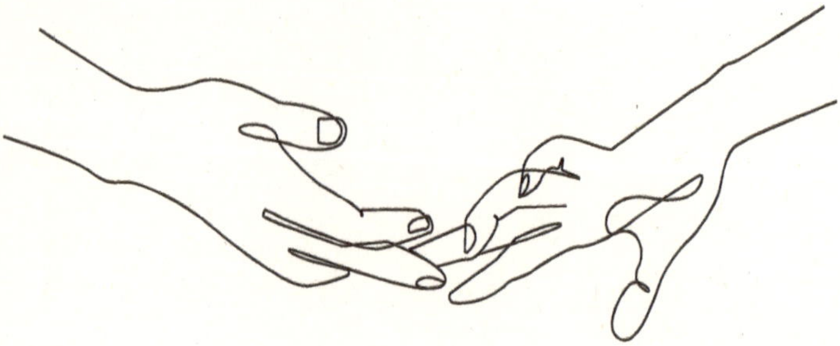

SICHERHEIT

Die schönste Liebe ist die, in der du die Hand jederzeit loslassen kannst, weil du weißt, dass sie selbst in Dunkelheit und Durcheinander immer griffbereit bleibt.

PLAN B

Wir hatten einen so guten Plan – hat nicht funktioniert.
Doch vielleicht
war immer schon ein anderer für uns vorprogrammiert?

Vielleicht
waren wir nie für die Ehe bestimmt.
Vielleicht
machte uns die junge Liebe naiv und blind.
Und vielleicht war all das nur,
um uns eine verdammt gute Zeit
und an ihrem Ende Hoffnung und Antrieb zu geben –
und erst unser erstes, dann zweites wundervolles Kind.

Wir haben das Beste von uns zu unserem Besten kreiert.
Was uns als ewige Liebende definiert, auch wenn unser
Plan A nur noch als Relikt in alten Akten existiert.

Doch nicht nur vielleicht, sondern garantiert:

In meinem Lebenslauf bist du einzigartig
und wirst es immer bleiben.
Und solange ich bin, werde ich im Zusammenhang mit
deinem Namen über Liebe schreiben.

REGENREICH

Was tust du, wenn ich dir sage,
dass jeder Regentropfen, der herunterkommt, eine Kapsel ist
und in jeder einzelnen der Reichtum der ganzen Welt.
Sternenstaub.
Mondenergie.
Die Existenz eines Menschen, der einst ging.
Jede Erinnerung.
Jede Begegnung.
Weisheit.
Klarheit.
Licht und Liebe.
Der Plan des Universums, exklusiv für dich geschrieben.
Und die Erlaubnis, dass du endlich aufhören kannst,
den Atem anzuhalten, zu kämpfen, zu leiden?

Ziehst du dich dann aus,
gehst hinaus,
breitest mit geschlossenen Augen die Arme aus?

Und lässt den Regen auf deine nackte Haut tropfen,
damit der Reichtum des Regens in jeden Zentimeter
deines Körpers einsinken

und für immer ein Teil von dir werden kann?

GETEILTE LAST

Ich will dich schütteln,
damit der fremde Dreck von dir abfällt.
Ich will dich schütteln,
damit du wach wirst.
Ich will dich schütteln,
damit du verstehst.
Ich will dich schütteln,
damit du dich erinnerst.
Ich will dich schütteln,
damit ich dich spüre.
Ich will dich schütteln,
damit du spürst, dass du nicht allein bist.
Ich will dich schütteln.

Doch
ich kann nicht.

Weil es nicht meine Schultern sind, auf denen
die ganze Welt
lastet, und nicht meine Aufgabe, sie dir zu nehmen.

IN DEINER HAND

Du kannst dich ärgern,
dich auf Umwege
und das Falsche eingelassen zu haben.

Aber niemals bereuen,
auf allen Wegen
Güte und gute Intentionen in dir zu tragen.

Bitte liebe, dass du ein guter Mensch bist,
auch dann,
wenn das Verhalten eines anderen großer Mist ist.

Lass nicht zu, dass jemand beim Weggehen dein Herz
mitnimmt, denn du bist, warst und wirst es immer sein:
für nichts als Liebe bestimmt.

STOLZ UND VORTEIL

Ein großes Missverständnis war
zu denken,
ich müsste allen alles von mir schenken:

Meine Zeit.
Mein Mitleid.
Meine Worte.
Meine Fürsorge.
Meine Empathie.
Meine Energie.

Ich gab und gab
und gab mich selbst auf,
nahm den Leerlauf zu lange in Kauf
und
dass ich nicht gesehen hab,
wie sehr ich meinen Kampfgeist romantisier
und das Kostbarste von mir
auslege wie rabattiertes Klopapier.

Meine reinste Essenz
gebührt heute
nur noch ausgewählter Prominenz.

Mein geistiger Neubeginn.
Ich juble.
Denn es gibt kaum etwas, worauf ich stolzer bin.

SOUL ROUTINE

Gib dir stündlich von 60 Minuten zwei,
setze dich hin, atme dich frei,
und ganz nebenbei
zieht der Tornado an deinem Kopf vorbei.

ANALOGIE

Vielleicht ist Regen (wie die) Liebe.

Mal leicht und warm, um uns
zu pflegen, zu verwöhnen, sanft zu berühren.
Mal hart und kalt, um uns
aufzuwecken und aufzuwühlen.

Und in jedem Zustand, ausnahmslos:
Da, damit wir
seine Lebensnotwendigkeit
und dabei
uns selbst
in unserer Lebendigkeit
spüren.

DA

Schenk mir dein Lächeln.
Ich schenke dir meine Zeit.
Gib mir deine Hand.
Ich gebe dir Halt.
Zeig mir dein Herz
und wir überlieben deinen Schmerz.

Ich trage dich.
Glaubst du nicht?
Aber ich, also glaub
nur dieses eine Mal an mich.

GEWISSHEIT

Heute, rückwärts gedacht, weiß ich:

Dass du mich nicht verletzt hast.
Und niemand es jemals konnte.

Dass es immer ich selbst war, die mir den Schmerz zufügte,
indem ich mein Herz so lange Zeit zum Warten und
Aushalten und Hoffen zwang und ins Leiden führte,
obwohl es mit jedem Herzschlag wusste, dass es für
deine Hände zu groß und deshalb von ihnen nie gehalten
werden würde.

Und das schmerzt am meisten, während es gleichzeitig
mehr heilt als alles andere zuvor.

Denn jetzt, vorwärts gedacht, weiß ich und wird mein
Herz immer wissen:

Dass es nur noch für jemanden schlagen wird,
der mit seinen Händen zu seinem Rhythmus klatschen
will, und dass es das nicht mehr tun wird,
wenn es Rhythmusstörungen vernimmt, die das Atmen
und L(i)eben schwer machen.

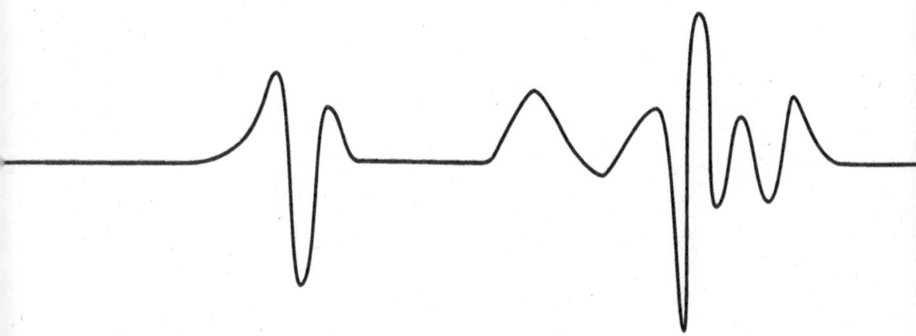

DAS VIELLEICHT WICHTIGSTE TO-DO IM LEBEN

Ist: Alles los- und liegen lassen und nur noch halten. Einen anderen Menschen oder auch sich selbst. Dann, wenn alles nach Liebe schreit, dann, wenn es nicht warten kann.

LIEBLINGSSONG

Wir,
das war
die melodische Verschmelzung von zwei Teilen,
die trotzdem für und in sich bleiben.
Ein Pianist, ein Komponist
und jeder von uns Protagonist
in all unseren Szenarien.

Wir schrieben
unser Glück für ein Stück,
verdammt guter Beat, immer on repeat.
Bis
er im Lärm der Welt leiser wurde,
langsam ausklang, ins Bewusstsein für das Ende aller
Dinge gelang,
weil jeder schon immer
selbst den besten Song eines Tages nicht mehr sang.

Manchmal ertönt irgendwo noch unser Lied
und in meinem Kopf die Frage:
War es wirklich Musik oder Mathematik?

Doch
in der Kunst spielt der Kopf nicht mit
und mein Reinfühlen ergibt:
Unser Song ist alt, aber unter allen Oldies
bleibt er mein Favorit.

FAKE LOVE

Wir klammern uns an unsere Handys wie damals an die Hände unserer Mutter, als gäben sie uns die vertraute Süße warmer Kindheitspfannkuchen mit Zimt und Zucker. Als wären sie Bestätigung für die Liebe, die einfach ist und bleibt und von Kopf bis Fuß alles von uns liket, als könnten wir Geborgenheit für immer abonnieren und damit endlich diese verdammte Einsamkeit kontrollieren. Als wäre immer jemand für uns da, so hautnah wie die DNA unserer Mama, als wäre alles, was fake und flüchtig ist, wahr, die kurzen Endorphinschübe injizierbar und das Leben in Glanz und Glück linear. Doch sag, war es nicht absehbar, eigentlich schon seit deinem ersten Lebensjahr, dass nichts jemals für dich gemacht war, ja sogar schon zu Beginn das Ende klar? Nichts ist von Dauer, alles ist irgendwie einsturzgefährdete Mauer. Die Menschen, die du an der Hand hältst, und die, die du Tag für Tag durch deine Timeline wälzt. Sag, ist es nicht Zeit, dass du Stück für Stück mit dir selbst verschmilzt?

LIEBLINGSBUCH

Wenn du ein Buch wärst,
wärst du mein liebstes,
obwohl
ich dich nie zu Ende lesen würde,
damit du nie vorbeigingest
und ich mein Leben lang
eine neue Seite von dir lesen könnte.

GANZ

Du hast alles, bist alles, verdienst alles.

Du verdienst:
Gewollt zu werden.
Gesehen zu werden.
Gehalten zu werden.
Geliebt zu werden.

Nicht fast gewollt.
Nicht fast gesehen.
Nicht fast gehalten.
Nicht fast geliebt.

Denn du bist nicht fast Hirn, fast Herz, fast Mensch.

Du bist ganz.

Verkaufe dich deshalb niemals für die Hälfte, egal, wie attraktiv das Angebot ist.

W I R

Wenn ich diese Zeilen schreiben kann,
wenn du sie jetzt lesen kannst,
wir uns begegnen, ohne zusammen zu sein,
kommunizieren, ohne zu sprechen,
fühlen, ohne zu berühren,
verstehen, ohne zu wissen,
dann erkennen wir, was wir nicht sehen können:
ununterbrochene Verbindung von allem
und Bindung von dem, was füreinander bestimmt war.

Du, ich, hier
und dazwischen: nur dieses bisschen Papier.

DIE BOT-SCHAFT(EN)

Und dann,
endlich.

Wärme
auf kalter Haut,
Sonnenlicht und klare Sicht
von oben
auf alles, was sich neu ordnen und fügen konnte
mit dem Sturm, der mitnahm, was nicht deins war und
nie sein sollte.

Windstille Atmung, wenigstens für einen Moment.

Er wird kommen

... und wieder gehen.

Denn es ging im L(i)eben nie um ein Happy End,
sondern immer nur um jeden einzelnen, bewussten
Moment.
Und darum, ob deine Seele in jedem tragenden Fragment
die Botschaft erkennt.

EPILOG

Ozeane
Wälder
Blumen
Erde

sind, wie sie sind,
weil es nach Sonnenschein auch irgendwann wieder
zu regnen beginnt.

DANKSAGUNG

An alle Menschen, dir mir in meinem Leben begegneten – ob in Freude oder Schmerz:

Danke für die Lektion und die Inspiration. Ihr wurdet zu einem Teil von mir und somit zu einem Teil aller Gedanken, Glücksgefühle und Tränen, die in dieses Buch geflossen sind.

Insbesondere danke ich der Münchner Verlagsgruppe für das jahrelange Vertrauen und den fantastischen Mädels von Lago und MVG: Karina Woller, den Lektorinnen Lara Jarolin und Kristina Berens sowie Jasmin Schäfer und Birgit Reiter, die mir meine Freiheit lassen und ihr Bestes hineingeben.
Ich danke meinen Kindern, meinen beiden Müttern, meiner Schwester, meiner Oma und weiteren wunderbaren Frauen in meinem Leben für ihre Liebe, Unterstützung und Zeit: Kira, Meriam, Olivia, Laura, Sibel, Nadine, Sarah, Ria, Jil, Marie, Kathrin, Bine, Gabi, Miriam, Lisa, Anna, Sandra, Silke, Agata, Inga, und schließlich auch meinem besten Freund Sascha.

Und ich danke mir selbst.